超人类
伽马射线暴幻想

[日] 三方行成 著
游凝 译

台海出版社

◇千本櫻文庫◇

◇前言 PREFACE

文库，原本是指收纳书物的仓库和书库，也指收纳书、记事簿以及非日常物品的小箱子。以前者为例，京滨急行线的"金泽文库站"就是镰仓时代北条氏用来收藏汉书用的，"金泽文库"名称的由来便是如此。东京都的世田谷区也有收藏着珍贵汉书的"静嘉堂文库"。后者多被称为"手文库"。

江户时代以来，可以放入袖袂的小开本图书逐渐流行起来，被称为"袖珍本"。明治三十六年（1903年），富山房发行了小开本的丛书，起名"袖珍名著文库"。随后，明治四十四年（1911年），讲述战国时代的猿飞佐助和雾隐才藏系列故事的讲谈社"立川文库"出版发行。讲谈是一种日本民间艺术，指以口语化的方式讲述历史故事的形式。而"立川文库"则是指将讲谈收录成册并集中出版的丛书，据统计，当时刊行量为200册左右。从那时起，文库就脱离了原本的释意，逐渐演变成了现在的类书集丛。

文库说法借鉴了日本出版业界的传统说法。而千本樱源自日本奈良县吉野山樱花盛开的奇景，世人皆用"一目千本樱"来形容樱花美景。千本樱文库的收录作品皆为日系作品，题材包括推理、悬疑、幻想、青春、文化等类型，恰如千本樱满山盛开的绝景。

现代日本，以"文库"命名刊行的丛书系列有 200 种以上，所谓"文库本"只不过是统称而已。日本传统的文库本常用的是 A6 尺寸（148mm×105mm），也叫"A6 判"。千本樱文库的所有图书将在文库本的基础上提升，达到 148mm×210mm 的开本标准，追求还原的同时，力图带给读者更清晰的阅读体验。

在日本一提到早川书房，人们马上就会联想到那些充满神秘感、紧张又刺激的故事。作为日本出版文学类图书的著名出版社，早川书房在科幻小说领域可以说是独占鳌头。日本的许多科幻作家如筒井康隆、野阿梓、神林长平等，均从该社于 1961 年创办的"早川·SF 大赏"出道。2010 年，为振兴日本的科幻小说作品，已停办 18 年的"早川·SF 大赏"宣布以"早川 SF 大赏"的新面貌重新开展评选活动。而从众多优秀科幻作品中脱颖而出，同时受到《三体》日版译者大森望青睐的第六届"早川 SF 大赏"优秀奖得主，便是本作《超人类伽马射线暴幻想》。

这部由三方行成所写的科幻短篇集以伽马射线暴为中心，将经典童话与未来世界相融合，为各位读者带来一场疯狂的轻喜剧。化身超人类的灰姑娘，守卫地球的异种智能体辉夜姬，虚拟世界内部与白雪公主较量的女王……天马行空的想象令人惊喜，而在通过各种笑话引人入胜的同时，人生与艺术、生与死相关的哲学命题也时常出现，最后以令人感动的爱情故事画上句号。一部极具个性又令人愉快的杰作，欢迎各位读者前来体验赛博朋克版童话！

千本樱文库编辑部

SCIENCE FICTION CONTEST

科幻总选举

  在科幻作家中有这样一个说法——科幻的本质是用想象延展人生。如果说人类的伟大在于发现和应用科学技术，并用科学技术创造出了这个世界，那么想象力就是一切创造行为的原点。

  想象力并非与生俱来，也不是后天训练产生的，它更像是一种思维，一种想要追寻的生活方式。拥有同样思维的人，用想象力扩展人生，触摸当下还无法触及的时空。而当这样的群体聚集起来的时候，便形成了名为"科幻"的亚文化。

  "科幻选举"是某个科幻题材的小说公募新人奖。除了发掘有才华的新人之外，该奖还非常注重想象力。近年来的获奖作品，不仅内容十分精彩，题材和科幻元素也都新意十足，例如童话与科幻结合，还有对于未来AI世界的预见等。

  如今，科幻小说的分类已经多达数十种，科幻元素也被植入了其他各式各样的类型文学。科幻的概念也在媒介联动的大环境下，无限地向外部扩散传播。

  "科幻总选举"既是口号，也是专题。我们旨在发掘洋溢着想象力的科幻作品，就像其他专题一样，不局限于内容题材和所获奖项，依然维持优先个性的少数派精神，希望能够传播不一样的思维与生活方式。

千本樱文库

超人类伽马射线暴幻想

目录 CONTENTS

地球灰姑娘	001
竹取战记	041
Snow White/Whiteout	093
Salvager vs 甲壳机动队	127
滚动的蒙提霍尔	161
蚂蚁与蠢斯	203

地球灰姑娘

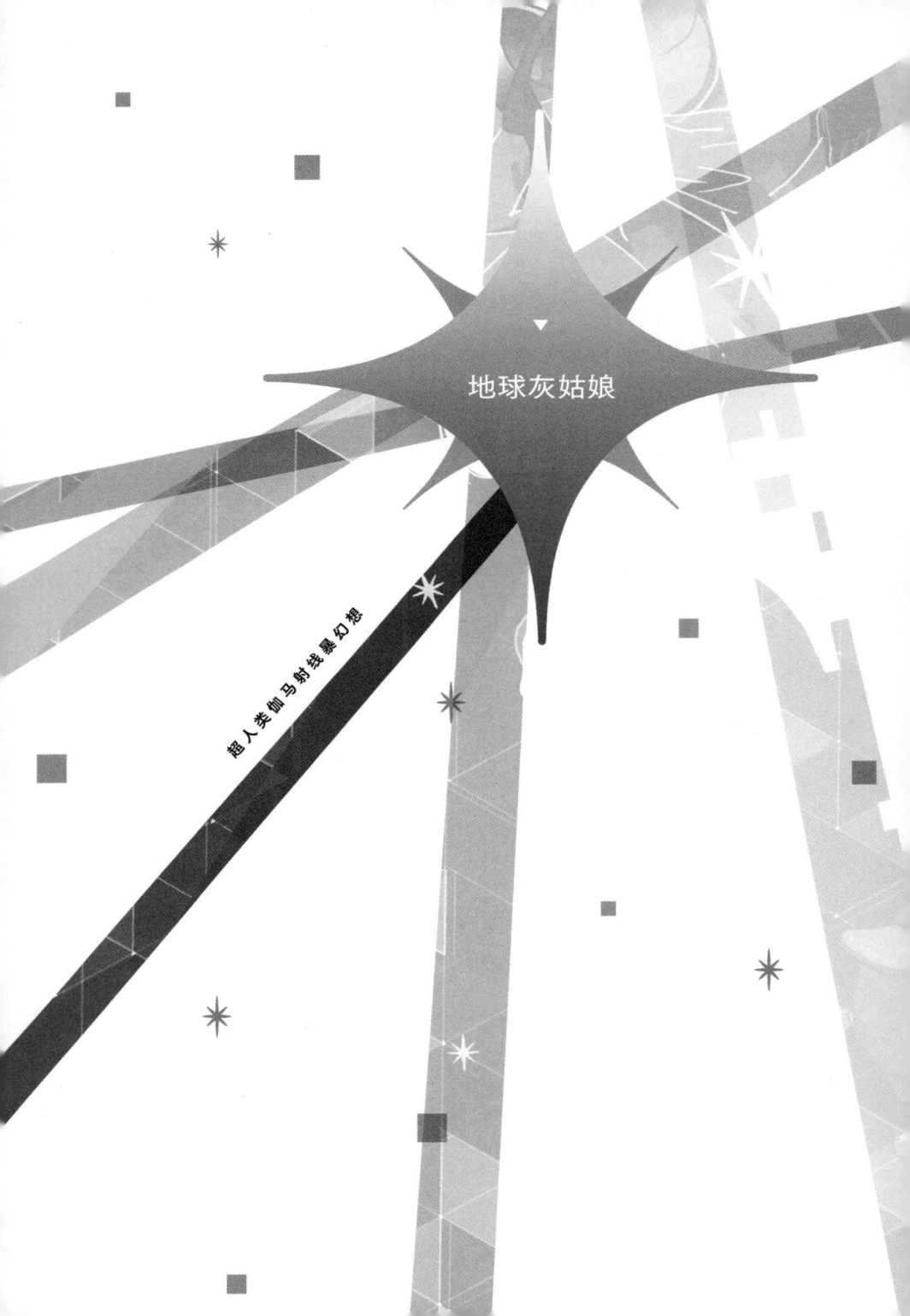

超人类伽马射线暴幻想

很久很久以前——这句话反过来该怎么理解呢？很久很久之后，还是遥远的未来？

有一个女孩子。她的名字叫作辛德瑞拉，是环大西洋联合王国的臣民。她的全名好像叫"公开密钥琪"还是"契约智能体阿多蕾斯"，总之格外冗长，这里暂且不提。

女孩拥有自己的身体，这在当下的时代可不常见。毕竟超人类们常常从肉体中逸出，栖身于自己喜爱的居所。

有时是埋藏在地底深处的计算机，有时则是微机械群。如果需要对现实世界进行深度干涉，他们也会将自己的精神寄宿在某一具躯体中。

由于个人持有躯体被认为是有风险的，大部分躯体都需要租借。有形之物终将毁灭，人类素体[1]更是如此。但辛德瑞拉非常珍惜自己从父母处继承而来的身体，她的父母相信，人需要拥有自己的身体。

所以，哪怕保险公司的人磨破了嘴皮子，辛德瑞拉都无动于衷，她甚至没有植入大脑皮层活动记录装置（stack）。一家人就这样过

1　素体：人类的本体，实际存在的躯体。——译者注

着远离超人类技术、和和睦睦的生活。

然而有一天,她的母亲遭遇突发事故身亡了。

没错,连备份都没做的素体,死了就没了。

沉浸在悲伤中的父亲流连于哀伤辅导机构,在那里被心怀叵测的女人所诱骗,眨眼间就签下了结婚合约。辛德瑞拉的继母凭着这份合约,夺走了辛德瑞拉的家人。"经由本人同意",她的父亲被上传到令人眼花缭乱的超人类社会,并沉溺其中。

原本温柔的父亲沉迷于社交网站和游戏,回归现实世界的次数变得屈指可数,曾经那副令他无比骄傲的身躯、深爱着的妻子和女儿都被抛诸脑后。辛德瑞拉只能照看着父亲留下的空壳,但他的身体日渐衰弱,最终停止了运作。

继母狠狠痛骂了辛德瑞拉一顿。她声称自己丈夫的身体之所以会停止活动,都是因为辛德瑞拉照顾不周,并要求她进行补偿。这位继母自己也有两个女儿,是从她的精神中诞生出的精神克隆体,现在也是辛德瑞拉的姐姐。继母要她交出自己的躯体,给这两位姐姐当玩具。

辛德瑞拉尝试过抗争,但区区一个外行,在继母的智能辩护顾问面前又能做什么呢?将她告上法庭也只会败诉罢了。

于是,辛德瑞拉的躯体被植入了远程控制模块。当姐姐们使用她的身体时,她的意识便会被关进大脑当中。在两位姐姐的肆意使用下,辛德瑞拉的躯体变得破破烂烂,受伤骨折是家常便饭,忘记吃饭睡觉的情况更是常见。不习惯使用肉身的超人类对躯体的感觉很迟钝，总会不自觉地做出一些自杀式行为。

因为辛德瑞拉的躯体不过是最原本的素体，这更刺激了姐姐们的虐待心理。不具备超人类功能的身体就是个没用的玩具，非要拿来玩的话，折腾它、打烂它是最有趣的。于是她的身体被两位姐姐随心所欲地玩弄了一通。

在身体被姐姐们蹂躏后，还要自己负起责任去维修——这件事击垮了辛德瑞拉。她憎恨姐姐们、憎恨继母、憎恨父亲，但最恨的还是死去的母亲。她无数次想过去死，但还是没能踏出那一步。

某天，辛德瑞拉的烦心事消失了——以最糟糕的形式，其中一个姐姐在玩游戏时把她的脖子折断了。就连不懂事的姐姐都知道这是件了不得的大事，于是她逃走了，辛德瑞拉瞬间又被拉回了自己的身体。

她没有死，起码没有当场就死。

辛德瑞拉撑了下来，但这已经是她的极限。因为颈椎受损，她的身体失去了大部分运动的能力。

后来，她习惯了不能自由活动的身体，这是唯一令人欣慰的事了。

她受的伤实在太过严重，要是被带到医院，恐怕医生会建议她放弃这具躯体，再经由本人同意将精神上传到网络。但继母和姐姐们害怕因为损坏身体而被问罪，最终没有送她去医院。

本来这位继母就有着强烈的支配欲，她擅长利用花言巧语接近脆弱的人，夺走他们的一切，玩腻之后便将其抛弃。辛德瑞拉的父亲之所以被盯上，也是因为他拥有"躯体"这罕见的玩物罢了。身体一旦损坏，他也不再有用处。

于是，辛德瑞拉没有接受任何正经的维护，只是被注射了治疗用纳米机器人后躺在床上。她的身心开始一点点朽坏。

结束了。辛德瑞拉想。

就在那时，一位客人来访了。

在这个时代，AR[1]世界作为人们生活的第二个世界，能感知到它的存在是理所当然的事。但只拥有素体的辛德瑞拉却感知不到AR世界，如果非要看，只能戴上硕大的AR眼镜，十分不便。

但某天，辛德瑞拉的视野中却浮现出一名女子的身影，简直像魔法一般。

女人出现时，辛德瑞拉还以为自己马上要死了。她凭空浮现而出是一个原因，但更重要的是，她长得和自己的母亲一模一样。这也难怪辛德瑞拉会产生误解，她还情不自禁地叫了声"妈妈"。

"我不是妈妈，是'魔女'。"

1　AR：增强现实（Augmented Reality，AR）技术是一种将虚拟信息与真实世界巧妙融合的技术，广泛运用了多媒体、三维建模、实时跟踪及注册、智能交互、传感等多种技术手段，将计算机生成的文字、图像、三维模型、音乐、视频等虚拟信息模拟仿真后，应用到真实世界中，两种信息互为补充，从而实现对真实世界的"增强"。——译者注

女人说完，眉毛也不抬一下地加了句"很抱歉，我不是你的妈妈"，而后又陷入沉默。

时间在尴尬中流逝。

正当辛德瑞拉思考着面前的人到底是何方神圣时，魔女突然耸耸肩说道："所谓的人类素体……"她的动作十分夸张，辛德瑞拉不由得失笑。"魔女"也点点头，回以一个略带僵硬的笑容。

"完了，怎么连社交信号的受体都没有。"

"社交信号是什么？"

"总之先来点这个吧。"

"魔女"凭空摸出一个玻璃杯，把里面的物体洒在辛德瑞拉身上。

一瞬间，眼前充斥着令她眼花缭乱的信息碎片。曾经单调的房间里现在满是低级智能体的身影，网络的喧嚣尽管遥远，却威势难当。每当成群的智能广告发现辛德瑞拉并一拥而上时，很快便被赶到附属智能壳里。

除了身体被姐姐们使用的那段时间，辛德瑞拉接触过的科技产物太过有限，初次见到超人类世界的她完全被震慑住了。

爸爸会沉迷其中也是无可厚非。辛德瑞拉如此想道。

其实这会儿，网络世界正在发生一场大骚乱，但从未接入过网络的辛德瑞拉既没有能帮自己总结事态并进行解说的智能助手，也几乎享受不到任何公共服务，因此对发生的事一无所知。

至于究竟发生了什么，那就是后话了。

总之，在知觉得到强化后，辛德瑞拉发现"魔女"的身体并非AR影像，而是由微机械组成的实体。因此她才能凭空出现，而辛德瑞拉也能看到。

她从未见过这样的生命体。

"您是哪位？"

"我是'魔女'，刚才不是已经说了吗？"

"您有什么事？"

"听说熟人的女儿身受重伤，我来探病。你的继母真是低能，一听我要见你就吵吵个不停，害得我只能偷偷摸摸的。"

"熟人？请问……您是爸爸的熟人吗？还是妈妈的？"

辛德瑞拉一家过去远离社交生活，所以说到熟人，她只能想到这些。这位与自己的母亲惊人相似的"魔女"，或许是母亲的姐妹，那就是自己的姨妈了。

"那个，您是我的姨妈吗？"

"不是，我的身份现在还不能透露。总之能过来看望你真是太好了。"

女人冷冰冰地吐出一句。但辛德瑞拉好像能感觉到"魔女"没有生气，也没有困惑，她散发出的社交信号充满了慈爱和亲切。被这温暖的信号所感染，辛德瑞拉的心情也逐渐平静下来。

"慰问品我没带来。"

"您能来我已经很高兴了。"

"我可没说没有。之后会带的,放心吧。你想要什么?"

想要什么……

辛德瑞拉不知道。她的心情逐渐沉郁下去,不由得想起了现实的处境。她的身体已经损坏,家庭也趋于破碎,无人问津。辛德瑞拉的世界是灰色的。就算这位"魔女"送给她些什么,那又有什么用呢?

"我想去死。"

辛德瑞拉鬼使神差地说了这么一句话。

"魔女"周身的氛围变得消沉。

"如果这就是你的愿望,我可以让你去死。但其他的任何愿望我也可以为你实现哦。"

"不用了。"

"为什么?"

"我已经受够了。我只有这具身体,这么一具破破烂烂的身体。就算拿到慰问品也派不上用场,我已经没有未来了,就这么结束吧……"

"魔女"没有回答,辛德瑞拉也噤了声。两人陷入凝重的沉默当中。

然后——"魔女"怒不可遏地说道。

用"说"这个词恐怕太温柔了,更准确地说,她的愤怒爆发了,宛如核爆、超新星爆炸般的怒火朝辛德瑞拉倾泻而来。

"要是放着你这家伙不管,明天这时候你已经死了,根本不需要我来多管闲事。说什么'因为我没有未来所以要去死'？'未来'是什么东西！这种玩意儿不过是人生不能重来的那个年代的玩笑罢了！未来是人类意志的力量，是靠信念开拓的可能性。你的母亲没教过你吗？"

辛德瑞拉目瞪口呆地望着"魔女"，刚才的忧郁已经消失得无影无踪。

"没必要客气——""魔女"如是说，"我还是有点小钱的，对于你这种只有素体的小孩来说，我是你做梦都不敢想的大富豪了。我什么都可以给你，什么都能实现，只需要支付一句'谢谢'就好。我想要的只是感谢而已。没错，感谢，感谢是很重要的。但你的母亲却蠢得为我而死——竟然'死了'，开什么玩笑。我该怎么办啊？真是个胡来的女人，也不知道像谁……"

喋喋不休的"魔女"突然向辛德瑞拉伸出手。

"我是来帮你的。"她说道。

"我来这里，是为了把你从即将袭来的灾难中拯救出来。这场灾难对我和我的同类来说不足挂齿，但对你这样仅有一具素体的人类来说是难以承受的。你会如你所愿般死去，但这样就太没意思了，所以稍微绕点弯路吧。我会让你纵情享乐，直到你明白'死'这个游戏是最愚蠢、最不好玩的。说什么'就这么结束就好'啊，这个世界欠你的可多着呢。我能给你的只不过是热身罢了，你可要做好心理准备。挺起胸膛，随心所欲地去做吧，就像你母亲当年一样。"

自己的母亲和这位"魔女"到底是什么关系呢？辛德瑞拉不得而知，但她觉得眼前这个人不是坏人。此外，还有一点她很喜欢，那就是"魔女"没有对她报以同情，甚至没有责骂她。"没必要对这点不痛不痒的苦难投降。""魔女"说。

辛德瑞拉的脑海中涌现出许多关于母亲的回忆。还记得小时候经常缠着母亲耍赖，问她为什么自己只有一具素体，明明想要拥有更好用的身体。

当时，母亲笑着说："这是你自己选的。"

"我没有选，是妈妈决定的。"

"不，是你自己哦。证据就是，你现在还在用这副身体。"

母亲抱住了辛德瑞拉，来自母亲身体的温暖将她包裹住。

"你随时可以使用其他身体。因为你是超人类，能限制你成长的只有你自己，能决定你模样的也只有你自己。只要你想改变，现在也可以变。试一试就知道了，可能会有点惊讶，但我想你可以的。"

但最后辛德瑞拉还是没有尝试。她问妈妈为什么要选择素体，母亲笑着挺起胸膛。

"因为我觉得'我可以'！"

幼小的辛德瑞拉对母亲的言行产生了一股莫名的敬意，在那之后，她不再缠着母亲要换身体了。

你可以吗？耳边似乎响起母亲的声音。

辛德瑞拉拼命点头。"魔女"也点头回应。

"契约成立了。你想要什么？"

"首先，我想要健康的身体。"

"那接下来我有一个提议，要不要去参加城堡的舞会呢——"

"魔女"说着坏笑起来。

"那是一场'躯体舞会'。偏偏在这个点举办，真是恶趣味，但时机恰好——啊，没什么。总之，你也要出席这场舞会。"

"魔女"投影出一座豪华的城堡，它位于大西洋的一座人工岛上，舞会举办方是环大西洋联合王国。

"'躯体舞会'是什么？"

"就是字面意思，需要带着躯体参加。宾客们将在舞会上大肆炫耀自己重金打造的身体。目前环大西洋联合王国正打算实现'躯体化'，因为利用地热能源运作的计算模块分布过于集中，上传体运作所耗费的能源成本快比躯体都高了——不过这些都无所谓。"

"魔女"把手指放在辛德瑞拉的额头上。

"其实我是想让你把这具身体带过去的，但它的损伤太严重了，我会多多少少修理一下，也会进行部分改造。你愿意吗？"

"拜托您了。"

辛德瑞拉毫不犹豫地回答。尽管这是对自己而言非常重要的身体，但在被两位姐姐肆意践踏时她曾对这具身体感到无比厌恶。"我可以。"辛德瑞拉如是想。

"魔女"——或者说，构成"魔女"身体的无数微机械将辛德瑞拉的躯体包裹住了。这让辛德瑞拉想起了母亲的拥抱，但转瞬间，这感觉又被另外的回忆所替代。是进行牙齿根管治疗的时候，也可能是小脚趾撞到门的时候，又或是——总之，是所有关于疼痛的回忆。

　　"好痛好痛好痛好痛——"

　　"忍着。"

　　"我可没听说要做这种事。"

　　"我警告过你了。"

　　"你没有！"

　　"是吗？我忘了。"

　　"好痛，好痛好痛好痛啊啊啊啊，啊——"

　　"忍着。"

　　结果直到最后，疼痛也没有丝毫减轻。覆盖着辛德瑞拉身体的微机械散发出的热量让她觉得自己的全身都如同被地狱吻过一般。

　　回过神来时，辛德瑞拉已经在一具令人神清气爽的、崭新的躯体里了。

　　她从床上坐起身来，凝视着这具新的身体。自己身穿的不再是方才那件睡衣，而是一件简单朴素的紧身衣，头上还戴着兜帽，就像穿着雨衣似的。

　　这可不是适合去参加舞会的衣服。辛德瑞拉暗暗感到失望，但这并不影响新身体带给她的喜悦。毕竟她能随心所欲地动起来了，身体也不再被别人占有。

就在她打算下床的瞬间,视野里的景象突然转了一圈。

辛德瑞拉还没来得及惊讶,身体便从床上腾跃而起,碰到了不高的天花板。她翻了个跟头,悄无声息地落地后,站在床边困惑不已。

自己之前能做到这种事吗?是身体自己——

辛德瑞拉陷入了惊慌,只觉得有人从外部操控了自己的身体。但她多虑了。

"我稍微强化了一下你的运动能力。"微机械群又重新化作人类的模样,"魔女"轻声说,"我应该已经说过了。"

"我可没听说。"

"是吗?我忘了。"

该不会是故意的吧?辛德瑞拉心下怀疑,但没说出口。

"谢谢您,给了我这么棒的身体,还有衣服。"

"这不过是刚开了个头哦。""魔女"答道,"有这样高性能的身体,应该就能跳个痛快了吧。"

"毕竟是舞会呢。"

"我送你过去可不是让你当花瓶的。"

但这身衣服可不太适合参加舞会。辛德瑞拉低头看着自己的紧身衣,难道这是近来流行的风格?要是这样——可辛德瑞拉还是想穿连衣裙,毕竟那可是在城堡举行的舞会啊。

"魔女"点点头。

"衣服就别要求太多了，这是军用服装，重视防护性能。嘻，反正没人能看见，不必介怀。"

"防护性能……咦？您有军用服装？"

"别放在心上。而且，要给其他人看的是这件。"

"有请公主过目——""魔女"哼着歌儿似的说，一边在AR上层又创建了一个虚拟环境。

辛德瑞拉倒吸了一口气。她看见了一片星辰万顷的银河，每当自己的目光停留在其中一颗星上时，它便转瞬间扩展开来。它是华美的舞裙，是点缀身体的妆容，也是让人更加积极自信的感情辅助模组包，还是能从内到外修饰人体的AR皮肤库。

"随便你挑吧。"

"魔女"漫不经心地说。

做不到——辛德瑞拉想。这里的皮肤多得她一辈子也用不过来，而且每件都在催促着她早点穿上。但她白担心了一场，因为这个皮肤库也是智能的，它化身为一把卷尺，开始凑近为辛德瑞拉测量尺寸。

皮肤库的化身触及辛德瑞拉的辅助智能壳，开始读取她的心声。它挑选的连衣裙也都是辛德瑞拉想要的。

精挑细选了一番后，辛德瑞拉选择了一条纯白的连衣裙。

"我想要这一件。"

"我就知道你会选它。"

"魔女"满意地点了点头。

"参加舞会需要邀请函吗?"

"我有。"

"真是无微不至。"

"反正不用也是浪费,我很忙,没时间参加什么舞会。"

"我想和您一起去的。"

"我就算了,这是你的舞会,你只需要顾着自己就好。"

舞会——辛德瑞拉想。这是舞会,这可是舞会啊!

"只有一点要注意。""魔女"说。

"你参加舞会的时间是有限的,到时间后我会给你信号。绝对不要忘了遵守时间。"

她的语气非常严肃,刚刚还沉浸在喜悦中的辛德瑞拉也不由得认真地点了点头。于是"魔女"在她的余光里植入了计时器,接近深夜计时便会结束。

"时间到了之后,会发生什么呢?"

"魔法会被解除,这世上所有的魔法都是。"

"我不太懂。"

"你现在不需要知道更多。啊,还有,不要查看网络上的消息。"

"为什么呢?"

"明明有这么多值得期待的好事,为什么要分心呢?快出发吧,还得把你的躯体搬过去呢。""魔女"有些焦急地说道。

辛德瑞拉一边宽慰着嘴里嘟嘟囔囔称后悔没到现场再合成躯体的

"魔女",一边飞奔出了家门。

在"魔女"的指引下,她爬上了层压建筑的屋顶,那里停着一架小型飞行器。

"现在只有这玩意儿了。""魔女"轻声说。这应该是平时用于载客游览的飞行器。

它长得很奇怪,呈胖乎乎的圆形,注册名是"南瓜马车"。这么说来颜色和形状都挺像南瓜的。

"不好意思,能潜水的只有这家伙了。"

"很可爱——欸,潜水?"

"行了行了。"

辛德瑞拉被"魔女"推着坐进了马车,她有些不安地看向外部显示屏,只见"魔女"正朝着即将起飞的马车挥手。她的身体像烟雾般散开,微机械移动着,组成了"一路顺风"的字样。

"我出发了。"

明知道"魔女"听不见,辛德瑞拉还是不由得开口道别。

南瓜马车的内部十分古怪,车里播放着雷鬼音乐[1],还飘着奇怪的烟。

1　雷鬼音乐:由斯卡(Ska)和洛克斯代迪(Rock Steady)音乐演变而来,融合了美国节奏蓝调的抒情曲风和拉丁音乐的元素。"雷鬼"(Reggae)一词来自牙买加某个街道的名称,指日常生活中一些琐碎之事。——译者注

辛德瑞拉缩着脖子，战战兢兢地四下环顾。

"那个……您好……请多指教。"

话音刚落，不知从哪里出现了一只机械臂，手臂左右摇摆着，好像在打招呼。随后，机械臂末端的手指高速旋转起来，又慢慢停下。它摇晃着一根冒烟的条状物，就像在说："来一口这个吧。"

辛德瑞拉眨了眨眼睛。一行闪烁的红色警告标语横亘在她面前，上面写着"吸烟有害健康"，但令她惊讶的并不是这个。

本应让人眼花的机械臂的动作，看起来竟如此缓慢。

躯体的运动能力得到了强化——辛德瑞拉突然动了试一试的念头。

她小心翼翼地朝那只机械臂伸出手——手臂像有意恶作剧一般，收回了那根烟。向左、向右，机械臂的动作总比她更快一步，摇晃中烟雾缭绕。

机械臂摇摇晃晃，像是在对她说："就这种程度吗？"

在那之后发生了一场神速的攻防战，机械臂左右逃跑，辛德瑞拉则利用自己的辅助智能对它的移动范围进行预测，瞄准那根烟进行猛攻。打闹了一会儿，最后她成功抢到了香烟。

"太棒了！"

不知从哪里又伸出一只机械臂，一阵鼓掌后收了回去。

辛德瑞拉叼着烟吸了一口，挺起胸膛。这种特制香烟对身体健康没有害处，吸进去的不过是些香料和水蒸气罢了。眼前闪烁的警报也已经消失，虽然负责维护身体的辅助智能还在不满地发送消息，但陶醉其中的辛德瑞拉没有发觉。

她一点都不紧张了。

南瓜马车进入了巡航状态，朝着大西洋正中飞去。弥漫的烟雾中，辛德瑞拉畅想着舞会的情景，还用"魔女"事先为她下载的社交智能预习了一番。毕竟这可是她第一次参加舞会。

就这样，辛德瑞拉很快到达了舞会会场。南瓜马车被管理员操控着落在着陆垫上，降下舷梯，辛德瑞拉走下了马车。目之所及所有贵族们的信息都透过社交智能被投射到眼前，令她眼花缭乱。

就在她犹豫不前时，南瓜马车鼓励了她——一声喇叭的轰鸣横空响起。尽管马车不会竖起大拇指，也不会说"Enjoy！"之类的话，辛德瑞拉却好像能明白它的想法。

辛德瑞拉鼓起勇气迈出了步伐。

众人的目光集中在她身上。这具躯体的设计师是匿名的，在这个一切公开透明可追踪，品牌化再正常不过的世道，匿名本身便足以引发好奇。再加上辛德瑞拉操纵这具身体的动作非常自然而优雅，更是赚足了目光。

平时在躯体中生活的习惯此时成了她的强项。

从四面八方接收到的建联邀请被她的社交智能过滤并进行自动回

复,与此同时,辛德瑞拉顺着眼前浮现出的箭头向前走去。箭头上带着一个标签,写着"要钓就钓条大鱼",是"魔女"留下的信息。

就这样,她来到了城堡中央的大舞池,箭头指向了某个人。但说实话,辛德瑞拉已经不需要指引,从社交智能的镜头拉近的那一刻起,她已经坠入了情网。

那是环大西洋联合王国的王子。

王子身边围满了宾客和警卫,社交智能向辛德瑞拉展示他的会面申请名单,已经有好几十人在排队了,而且名单还在不断变长。再这样下去,说不定到最后一刻她都挤不进王子的视线当中。

王子殿下到底是什么样的人呢?辛德瑞拉想上网搜索关于这个人的评价,但在打开网页的前一秒她又改变了主意。这里是舞会的会场,王子本人就在这里。

辛德瑞拉暗下决心,她要亲自去看看。

她高傲地昂起下巴,把自己的名字加进了名单中。

这样就完成了,接下来——

辛德瑞拉想不到其他任何办法了。她让社交智能负责应付身边吵吵嚷嚷的人潮,自己则陷入了暂时的自闭状态,希望能找到其他接近王子的好办法。

没有头绪。她对自己感到一阵无语,解除了自闭状态。

然而映入眼帘的,是站在自己面前的王子。

辛德瑞拉看了一眼系统日志。就在她申请排队之后,王子立即有了反应，发来了势如暴风雨般的联络申请，在被辛德瑞拉无视后则干脆亲自来到了她的身边。

"对、对不起。"

还没等社交智能进行校正，磕磕绊绊的话已经脱口而出。

"我刚……发呆，对……不起。"

王子什么也没说。他那具身体的美丽和优雅已经深深地将辛德瑞拉迷住了，她甚至忘了将此刻的感觉记录下来以便日后回看。

王子似乎很关心自己——这件事让辛德瑞拉感到一阵触电般的酥麻。明明自己只是个再平凡不过的女孩，王子殿下竟然特意亲自前来。

真的吗？辛德瑞拉不禁诘问自己，她无法保持冷静。每个人被特殊对待时都不免难以自持。

突然，王子牵起了辛德瑞拉的手。

"可以与我共舞一曲吗？"

有哪位公主能够在这种情况下拒绝呢？王子领着欣喜不已的辛德瑞拉跳起了舞。

一开始舞步缓慢而拘谨。但转眼间，两人便抛去了顾虑。

王子与辛德瑞拉将自己远超人类的躯体机能发挥到了极致。每一步都令人目不暇接，每一次跳跃都仿佛摆脱了重力，每一个转身都华丽非常。

"魔女"在辛德瑞拉的身体中植入的控制辅助智能与王子的辅助

智能发起了突发传输,两人就像合二为一般舞蹈着,每个人都被他们的舞姿迷住了。

随心所欲地跳舞,与王子的躯体相触,"要是这一刻能直到永远就好了。"辛德瑞拉如此想着。

就在这时,脑海里响起了闹铃声。"魔女"事先在这具身体里写下的脚本语言促使血清素分泌,让辛德瑞拉恢复了理智。

马上要到"魔女"口中的最后一刻了。

虽然不知道所谓的时间限制是什么,但"魔女"当时非常严肃,让自己无论发生什么都要遵守这个约定。"魔女"说:"过了这个时间,世界上的魔法都会被解开。"

尽管有些恋恋不舍,辛德瑞拉还是决定乖乖回家。

但回家并没那么简单,因为王子不依不饶地用"在这里的时光是最美好的""不要错过舞会的高潮"等理由试图挽留她。辛德瑞拉没想太多,只觉得王子可能准备了什么活动。

一般这种时候只需要从身体中逸出就可以了,但辛德瑞拉做不到,因为她的精神只寄宿于这具身体中,没有任何备份。

于是——辛德瑞拉逃跑了。

她推开王子纵身一跃,从其他参加者头顶越过,落在餐桌上。再一跳,她向前翻了个跟头,落地后跑了起来。辛德瑞拉冲进走廊,推开服务机器人们一路狂奔。

将她误认为恐怖分子的警备躯体们马上掏出了武器,但王子立即对它们的程序进行重写，关闭了它们的武器权限。趁此机会，辛德瑞拉在城堡中四下穿梭，靠"魔女"在她的存储区域中植入的地图搜索着逃跑路线。

但王子也不容小觑，他夺取了警备躯体的控制权，使得它们步调一致地朝辛德瑞拉追赶而来，简直就像游戏一般。逃着逃着，辛德瑞拉也开始享受起来，就像那些驾驶高性能跑车的人，总想试探一下躯体的极限。

"给我站住！"

"恕难从命！"

和刚才在舞池里不同，王子和辛德瑞拉以另一种舞蹈展开了对决。不知不觉间，舞会来宾们也参与了进来。他们有的想为王子当眼线，有的则想替辛德瑞拉引开王子。

城堡里展开了一场兵分两路的猫鼠游戏，每个人都很享受这场余兴节目。

最终，追逐战迎来了结束的时刻。

王子把辛德瑞拉堵在了中庭，已经玩心大起的辛德瑞拉思考着下一步的对策——然后她看到了计时器，发现剩下的时间已经不多了。辛德瑞拉又着急又后悔，自己怎么被这无聊的游戏所吸引了？唉，真是的。太傻了，简直太傻了。

就在这时，伴随着一阵轰鸣，城堡上空出现了南瓜马车！因为辛德瑞拉没有按时出现在约定地点，它前来迎接了。

南瓜马车悬停在众人头顶，打开了舱门，好像在说："真是个让人头疼的大小姐！"辛德瑞拉将躯体中仅存的能量聚集到双腿，随后高高跳起。

南瓜马车数次无视警告挣脱管制，侵犯城堡领空。终于，高级智能警卫紧急屏蔽了王子的控制，警备躯体们举起武器，还没等王子阻止，便一齐开始了射击——

一颗子弹命中了辛德瑞拉的右脚踝。她的右脚被切断，落入王子手中。

辛德瑞拉跳进马车，舱门关上了。

南瓜马车在千钧一发之际冲了出去，它不顾管制员的控制，甩开追上来的无人机，带着辛德瑞拉逃出了城堡。

辛德瑞拉屏蔽了身体的痛觉，呆呆地望着覆盖在脚腕断面处的纳米治疗机器人，思绪还沉浸在舞会中。她搜索着自己身体的感觉记录、其他宾客们在SNS上发的动态、会场提供的公开影像等，一点一点地回味着刚才的场景。

那真是一场非常非常棒的舞会。

等她回过神时，"魔女"口中的最后一刻已经迫近了。到底会发生什么呢？事到如今，辛德瑞拉还是有些犹疑，明明是那么美好的地方，"魔女"却说"所有魔法都会被解开"，真是意味深长。

是因为临时做出来的躯体不够耐用吗？还是租来的AR皮肤要到期了？不管怎么说，魔法被解开这种说法未免也太夸张——

突然,马车摇晃了一下,一阵失重感袭来。它正在急速下降,如坠落一般。

南瓜马车冲进了海里,下潜的深度不断增加,机体诡异地嘎吱作响,辛德瑞拉陷入了恐慌。到底发生了什么?马车简直就像在隐藏行踪躲避着什么一样。它在逃跑,为什么呢?

突然,海洋开始震荡。

那一刻,伽马射线暴[1]发生了。在遥远的地方,某一颗恒星发生了崩坏,放出的能量以光速向地球袭来。

伽马射线暴产生的冲击波穿透大气,点燃大地,让海洋也为之震颤——但辛德瑞拉平安无事。

因为致命的伽马射线几乎都被厚厚的水层吸收了。爆炸掀起了席卷整个行星的暴风雨,无数灰烬降下,但都没有对身在海中的辛德瑞拉产生影响。

过了一段时间,南瓜马车上浮到水面附近,心满意足地晃了晃机体,把操纵权交还给辛德瑞拉。因爆炸而被搅得七零八落的大气也渐渐平静下来。

她从未见过这种颜色的天空。

辛德瑞拉驾驶着南瓜马车,回到了自己原来的住处。

---

1 伽马射线暴:又称伽马暴,是来自天空中某一方向的伽马射线强度在短时间内突然增强,随后又迅速减弱的现象。——译者注

这里已经空无一物，只剩下一些试图自我修复却未果的残骸和从天而降的氮氧化物化成的灰烬。几乎不见任何成形的物体。通信频道里一片死寂，她试着与继母她们联络，但没有成功。

继母等人也被这场伽马射线暴袭击了。当然，总有一天她们会从埋藏在地底深处的备份中复活吧。她们回来后，还会蛮不讲理地把这场灾难都归咎到辛德瑞拉头上。

但她们现在不在这里。

辛德瑞拉茫然地伫立在原地。她想起了"魔女"的话。

"要是放着你这家伙不管，明天这时候你已经死了。"

原来是这个意思。不知道为什么，"魔女"预知了这场伽马射线暴，她是为了让自己免于遇难而来的。

要是她当时只有一具人类素体的话——

辛德瑞拉一阵毛骨悚然，随后又觉得惊讶。没错，昨天的这个时候，她还渴望着死亡，但现在却不一样了。

舞会的一夜改变了她。

"绕个路吧。"

绕远路真是令人愉快，自己之前怎么会想放弃这么愉快的一刻呢？自己是何等幸运，才能从噩梦中被拯救出来。

"魔女"现在怎么样了？辛德瑞拉突然浮现一个念头。

"我没事。"

突然传来"魔女"的声音，却不见她的身影。这也不是通信联络。

"我就在你的脑子里。这是个低级分支，只能进行简单的对话。总之我没事。"

"谢谢你救了我，'魔女'小姐。"

"我没事。你看上去也没事，太好了。"

说完，"魔女"的声音便消失了。

她的声音和母亲的声音一模一样，听到她的声音，辛德瑞拉心里的不安消失了。

你能行吗？记忆里的母亲如是问。她的心中、她的身边已经有了答案。

辛德瑞拉大踏步走在已经玻璃化的大地上，最后干脆跑了起来。

她猛地跳起，又狠狠地落下，疼痛笼罩了全身。在躯体进行自我修复期间，辛德瑞拉掬起地面上堆积的灰烬往自己头上撒去，一边呛得直咳嗽，一边笑起来，纵声大笑。

在那之后有段时间，辛德瑞拉都是在南瓜马车这座避难所里度过的。她晚上在海上入睡，白天便上岸肆意探险。

生存下去没有任何问题。从"魔女"处得来的躯体就像量身定做一般适应了当下的环境。强韧的皮肤让她能抵御落灰的侵袭，踏着碎片行走。因为能在水中呼吸，她以鱼类为食，毕竟海里受射线影响较小。

预知了这一切的"魔女"到底是什么人呢？辛德瑞拉想。既能收到环大西洋联合王国的舞会邀请函，还能设计出这么优秀的躯体。想了半天也没有头绪,她把目标转向了自己大脑内部——她下意识地连上了网络,数据恢复了。

通过网络,辛德瑞拉发现伽马射线暴给整个地球都带来了影响。一方面,地表和铁轨损失惨重;另一方面,位于地底的计算机群及合成基础设施却平安无事。

这场灾难让人类失去了太多,但起码还活着。正如"魔女"所言,"这场灾难对她的同类来说不足挂齿"。要想让超人类灭绝,让他们因绝望而一蹶不振,仅靠伽马射线暴已经不够了。

这些消息让辛德瑞拉更觉得自豪。

她和她的南瓜马车在这个逐渐复苏的世界中自由地生活着。

有一天,辛德瑞拉收到了来自王子的信息——"请务必和我见一面"。

一开始,她是打算拒绝的。舞会那夜不过是一场梦,继续下去只会让美梦破碎罢了。

但当她看到影像中,王子身后站着"魔女"时,她改变了主意。

辛德瑞拉当天就抵达了王宫。当然,是乘着南瓜马车去的。那里是环大西洋联合王国的行宫之一,实际上是一座可以潜入水底的人工岛。和辛德瑞拉一样,当时这座行宫靠厚厚的海水层抵御了伽马射线,现在重新浮上水面,成为王国复兴的据点。辛德瑞拉穿行在宫殿中,身旁是无数超人类来来往往的AR影像。

在宫殿最里面的房间，王子和"魔女"正以具象化躯体的姿态等待着辛德瑞拉。

在"魔女"的社交外壳上，"环大西洋联合王国技术厅长官"的纹章闪闪发光。

看到冲进来的辛德瑞拉，"魔女"大叫起来："你是谁！从哪里拿到那具躯体的？"

"别装傻。不是你亲手给她的吗？"王子责备道。和舞会时一样，美得不可方物的王子近在咫尺，辛德瑞拉感觉自己要昏倒了。

"啊，这个是你的吧？"

王子播放了一段3D影像，是那天辛德瑞拉被警备躯体击落的那只脚。

尽管缺损的部位已经再生，辛德瑞拉还是不由得看了看自己的脚。这时她才后知后觉，别说正装，自己根本是穿着便装就来了。现在她用的AR皮肤是自己制作的朴素版。辛德瑞拉一时间陷入了轻度的恐慌状态，好在社交智能又让她回过神来。王子和"魔女"调出些她看不懂的专业数据有来有往地讨论起来。他们都没有在意辛德瑞拉的打扮。

"你看，标签是一致的。竟然会留下证据，这可不像你的作风，还是说你是故意的？"

"你指什么？"

"我在舞会上看到她时吓得腿都软了，还以为是哪里走漏了风声呢。"

"难道不是因为您沉迷于准备那场恶趣味舞会，疏忽大意才让那具躯体被偷走了吗？"

"我知道你对舞会很不满意。"

"但您还是强行举办了。"

"大家都对它评价很高哦。"

两人把辛德瑞拉晾在一边。她不由得清了清嗓子。

"两位，可以也向我解释一下发生了什么吗？"

"当然，毕竟这事跟你的身体有关。"

王子深深点了点头，一边调出各种图表和图像，一边兴奋地说明起来。

"当时，根据获取的情报，我们预测到了这场伽马射线暴的发生，也知道不可能完全防住它，所以只能调整战略方针，放任星球环境被破坏，转而去适应灾变后的环境，因为我们的地壳计算机群还是能扛得住的。我们尽可能转移了领土内的资产，也备好了合成装置。大部分超人类都能利用网络生存下来，但超人类源源不断地涌到网上也会导致服务器过载，再过一段时间就要让他们回到躯体中去了。这样一来，还能为地表的复兴工程提供劳动力。这些工作交给自动机械可有点浪费。当然，为了适应被射线暴破坏后的大气和地表的躯体，我们也需要开发新的躯体。"

王子牵起辛德瑞拉的手。

"我们开发出来的，就是这具你正在使用的身体。而它在公开前就被带走了。"

仓皇失措的辛德瑞拉花了一点时间才理解王子所说的话。

"听起来它像是被偷走的。"

"别介意，它只是通过一些见不得人的方法到了你手里而已。毕竟你看起来也不像个小偷。"

辛德瑞拉和王子两人都看了"魔女"一眼，"魔女"移开了视线。

王子无视了"魔女"，说道："我本来打算在舞会最后一刻公开它的存在。或许因为知道伽马射线暴要发生，我没太把这场舞会放在心上。虽然来宾们贵重的躯体都会毁于一旦，也拿不到保险赔偿，但其实这点代价并不算大。既然都到这份上了，不如借此机会获得一些宝贵的经验。"

"不要错过舞会的高潮"，辛德瑞拉想起了王子的话，真是个令人目瞪口呆的主意。只有不死的超人类才会有的想法，她此刻亲身感受到了。

"我本来打算再晚一点进行实机合成和发放的，谁知你突然闯了进来。一开始我很惊讶，但你非常自然地操纵着躯体，还搞出那么大阵仗，又跳舞又逃跑的，来宾们也对这副躯体的性能留下了深刻的印象，倒也不坏。你之前一直寄宿在素体里生活对吧，为什么呢？"

"因为我觉得我可以。"

"我好像能理解你，又好像不太懂。总之你真的很棒。"

"谢谢。"

"作为这副躯体的设计师,真是不胜荣幸。"

"魔女"打出了一个Ping[1]命令,这相当于人类素体清嗓子的动作。再这样下去,王子和辛德瑞拉的对话就没完没了了。对话被打断,辛德瑞拉有些埋怨"魔女",同时也在意起来。眼前的两人看起来莫名的亲密,他们是什么关系?难道……其实是伴侣不成?

"那个,请问两位是什么关系呢?"

"比起我们,不如聊聊你和那个女人的关系吧。"

王子指指"魔女",对方挥开了他的手。两人的动作颇为亲密,辛德瑞拉心里的怀疑更深了,口气也不禁变得咄咄逼人。

"听说她是我母亲的熟人。"

"这是什么托词,你不觉得羞耻吗?"

王子看了"魔女"一眼,像是很无语。

"你自己说吧。你会说的吧?"

"魔女"咳嗽了一声。她的AR皮肤有些不稳定,像是反映了她内心的动摇。

"我是负责教育王子的老师。这个***真是给我添了不少麻烦。"

---

[1] Ping:工作在TCP/IP网络体系结构中应用层的一个服务命令,主要是向特定的目的主机发送ICMP(Internet Control Message Protocol,因特网报文控制协议)Echo请求报文,测试目的站是否可达及了解其有关状态。——译者注

"魔女"的发言有些听不清楚，因为她说的话里包含了一些不当信息，被这个房间的管理智能屏蔽了。

"她只是不好意思了而已，别在意。"

收到王子的信息，辛德瑞拉偷偷笑了。"魔女"看起来在努力输出一些难以启齿的话。

"呃，那个，我是你母亲的源分支。也就是说你是类似于我女儿的存在。"

啊！原来如此——辛德瑞拉想着，半晌无言。

等她终于能开口说话了，辛德瑞拉向"魔女"逼问："这么重要的事，之前为什么没有告诉我？"

"就是。"王子点点头。

"魔女"看看右边，看看左边，又看看脚下，最后才面向辛德瑞拉。

"我说过了。"

"你没说过！"

"没错没错，你只有在说谎的时候才会这样。"

"是吗？我忘了。"

王子和辛德瑞拉异口同声地反驳。"魔女"缩起肩膀，一副过意不去的模样。真是败给这个人了，辛德瑞拉小声笑起来。

"直到最近把很久之前的备份合入后，我才找回记忆。曾经我认为一直生活在躯体中是很浪漫的。有时也会流行其他的生活方式。"

"比如慢生活之类的?"

"像阿米什人那样的生活?"

"没错。所以目标分支——也就是你母亲主动切断了和我的联络。嗯,那个,怎么说呢,情况就是这样。"

"事情就是这样。你明白了吗?"王子说道。

"我吓了一跳。"

"不,辛德瑞拉,我刚才不是在对你说话。"

王子看向房间角落。

"你可以露面了。"

他话音刚落,从房间的AR层又浮现出一个人。辛德瑞拉屏住了呼吸——那是她的继母。继母也被叫到了这里。

狂怒的继母用淬了毒一样的眼神看向她。

转眼间,"魔女"不再扭捏,变回了威严磊落的模样。她迅速插入继母和辛德瑞拉之间。

"所以说,现在我是最接近你母亲的存在。法律规定当一个分支消失时,另一分支将成为第一继承人。当时签署的契约也还在,就是这样。"

"魔女"对无话可说的继母开口道:"这里已经没你的事了。"

"有没有我的事是法庭说了算。"

"那你去跟我的律师聊吧。"王子说道,"还有你们犯下的损坏躯体罪也一起,你得为自己做过的事赎罪。"

辛德瑞拉浑身战栗,她回想起曾经自己的身体被掠夺,最后奄奄一息的场景。

继母脸色苍白,但她是一个不见棺材不落泪的人。

"那件事可能是我的女儿——我曾经的分支干的。但就算你们现在要追责,我那两个女儿已经自我消灭了,分支在合入时也已经放弃了所有权利和义务。我不应当为此负责。再说了,你们有什么证据证明躯体被损坏了吗?"

辛德瑞拉曾经的躯体只不过是一具人类素体,没有植入大脑皮层活动记录装置,所谓的证据只有她本人的证言。由本人及其附属智能体壳提交记忆方能成为可信的证据,这对仅有素体的辛德瑞拉而言是一个弱点。

"你看,没话说了吧?我要以名誉诽谤罪反诉你!给我拿出证据来呀!"

"没有证据。"

继母闭上了嘴。王子看向"魔女",辛德瑞拉也把话咽了回去。

"她原来的躯体在精神移植的过程中被破坏了。哪怕你们干的好事保存在她的脑中,原来的记录媒介也已被毁,只要你们辩称数据转录过程中混进了伪造的记忆,我们也无话可说。"

"那……"

"所以,我们和解吧。你放弃与辛德瑞拉相关的所有权利,作为交换，我们不再过问她身体损坏一事，并向你支付和解金。"

"你说和解金？你们会给我什么？"

"参加环大西洋联合王国某个正在进行的项目的权利。我们正在开发一种特殊躯体。"

继母花了一小会儿浏览"魔女"发去的资料。

"测试期结束后，能获得使用特殊躯体的权利吗……看起来不像是骗人的。"

"你可以好好考虑。"

尽管继母很不情愿，但在王子又加码一项衍生品所有权之后还是答应了。双方立即签订了契约，继母离开了。辛德瑞拉松了一口气，心里五味杂陈。自己的继母明明做了那么多过分的事，结果不仅被赦免，好像还被委派了某项重大的任务。

她想道：这个世道就是这样吗？但这个念头马上被打消了。因为辛德瑞拉发现"魔女"和王子都在偷笑。

"这是一个陷阱。""魔女"说出了实情。

"那个契约智能真是个庸才。"王子也坏笑了一下。

"连免疫系统都没有，资料里植入的病毒那么显而易见，她却一无所知地全盘收下了。"

"那个，刚才发生了什么？"

"一个悲惨的故事。"

根据王子的说明，辛德瑞拉的继母将会被派去从事特殊躯体的测试工作。

"工作地点在金星。"

"金星？"

"定制躯体的长期测试工作，没有其他人可以和她换班。希望她好好享受吧。"

"竟然把自己的臣民送去连铅都会熔化的超高温高压世界，还说出这种话，真有你的，王子殿下。"

"对辛德瑞拉的继母而言不是刚好吗？既来之则安之嘛，金星可是人类的下一个家哦。"

"是下下下下一个才对吧？"

"不过是我做着玩的躯体罢了，花不了多少预算。她应该会工作很长一段时间吧。"

"她不能逃跑吗？"

"根据契约，她必须在那里待满规定时间后才可离开。"

"那将会是一场漫长的煎熬吧？虽然我个人是希望越长越好啦。"

辛德瑞拉了解了金星的环境后，觉得心里痛快了不少。

"好，事情都解决了。那我们今天就解散吧。"

说着王子就要离开，"魔女"一把将他抓住。

"哎呀哎呀，王子殿下，这不是还有没做完的事吗？"

"母女相认不是已经结束了吗？"

"所以接下来该轮到你了。"

王子撇开目光，挠了挠脸颊。

"怎么说呢，接二连三迎来人生大事是不是有点太快了？我想等下次有机会再说的。"

"你想让我的女儿蒙羞吗？"

"嗯……"王子转向辛德瑞拉，"你现在使用的这具躯体之后将会上市销售。我希望你能协助我，成为一面招牌，让世人了解它的魅力，可以吗？"

"不胜荣幸。请务必让我协助您。"

"太好了，我还担心你会拒绝呢。"

"这种无聊的话题之后再说吧。""魔女"打断了他。

"好了好了，我知道了。"

王子闭上了嘴，看得出他正在酝酿一些难以启齿的话。终于，他开口了。

"准确来说，我曾经破坏过你的躯体。还记得吗？当时警备躯体击落了你的脚部。"

"你给我赶紧说重点。"

"刚要开始说呢。所以我想向你道歉。只要你愿意原谅我损坏了你的有机体这件事，我愿意做任何事。"

王子跪坐下来，他伸出手，掌心里出现了投影。那是辛德瑞拉断裂的脚，被瞬间钢化的紧身衣包裹着，就像一只透明的玻璃鞋。

王子等待着辛德瑞拉的回复。

辛德瑞拉看向"魔女"，对方也回望着她。两人在私密频道用超高压非语言信息交流了一番，最终基本达成一致。只有一点"魔女"不愿退让——"要让王子开口说那句话。这是他该做的事。"

于是辛德瑞拉下定了决心，她隔着玻璃鞋的投影，把手放在王子的掌心。

"请向我求婚。"辛德瑞拉如是说。她看了看"魔女"，又说了一遍。

"就在此时、此地，请向我求婚。"

王子眨眨眼，深吸了口气。而后他单膝跪在辛德瑞拉脚下，牵起她的手，带着发自内心的喜悦说道："可爱的辛德瑞拉，请和我结婚吧。"

一、二……辛德瑞拉在心里默数着。她无法再等下去了。

"我愿意。"

"太好了，我还担心你会拒绝呢。"

王子站起身来。他换上了和舞会那天同样的AR皮肤。

"你愿意和我跳一支舞吗？辛德瑞拉。"

怎么可能不愿意呢？辛德瑞拉和王子奔向彼此，而"魔女"悄悄地消失了——

之后的事也无须赘言。

就这样，辛德瑞拉和王子结婚了，度过了幸福的一生。

你问这一生有多长？答案是永远。作为连伽马射线暴也无法毁灭的存在，对超人类而言接近无限的永远。

可喜可贺，可喜可贺。

故事完。

竹取战记

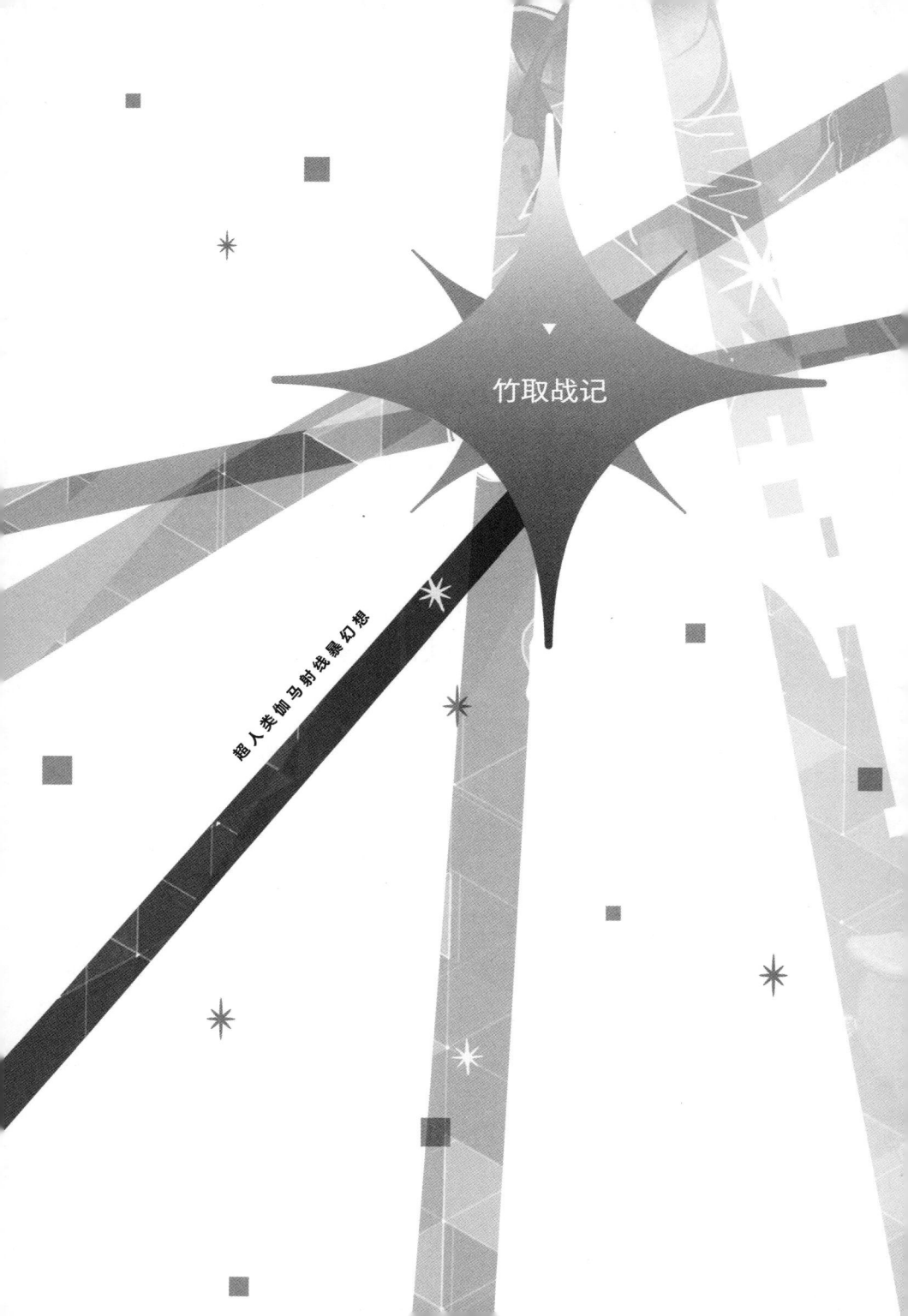

超人类伽马射线暴幻想

不知是现代还是古代，总之，在一个不可思议的时代，有一位伐竹翁。他的工作是去山里采伐竹子，用于各种用途。

竹子中富含碳元素。碳质的竹筒拔地而起，从根部汲取吸收地面热量变暖的空气，在内部形成上升气流，带动微型涡轮机旋转，从而获取能量。老翁有时借用竹子产生的电，有时也将竹子连根拔起作为合成设备所需的材料，或是非法入侵竹子的替代性基因，合成各种东西。

竹子们不喜欢老翁的干涉，试图用各种手段解决他。站在老翁的立场上，不能让竹子无限增殖，需要有适度的进化压力，这对彼此都好。但不管是竹子还是老翁都很难通过沟通理解对方的想法。因此，双方最终还是展开了一场战斗。

姜是老的辣，面对竹子也不例外，每次都是老翁更胜一筹。竹子本就是生长在山林中、不具备智力的植物，人们对它的印象也停留在"初春摘的竹笋很好吃"罢了。

老翁精神矍铄，活了这么多年从未感到疲倦，也未曾被网络上的自杀模因所感染。尽管身体有些许僵硬了，但还能动弹，躯体的保修证明写得弯弯绕绕，他便懒得去换一具新身体了。不论在哪个时代，"明日复明日"总是常有的事。

那件事发生在某天老翁上山砍竹子的时候。

老翁将自己身穿的狩衣[1]切换到防护模式，衣服上六角形的防刃结构变大了些。这是为了防御山上遍布的微丝，一旦碰到那些丝，手指和脚都会被应声削落。要是失去手脚可就麻烦了。

老翁进入竹林，屏蔽了竹子们发来的表示抗议的病毒消息，开始砍伐工作。他发送的代码会诱发细胞凋亡，于是竹子们被轻易地连根拔起，一根根倒下。之后，他又用另外一组代码让倒下的竹子长出脚，自己走回去，这样一来，运送也易如反掌。老翁跨过变得像黑色蜈蚣一般的竹子，打算回家。

在回家路上，他看到了一株与众不同的奇怪竹子。

老翁的乌帽子[2]——后脑勺增设的增强皮层发出了警告。他切换到红外视角，看到有什么东西在发光。就在吸气口的上方附近，有一株奇怪的竹子正在发热，不知是进行合成活动时的散热，还是计算机导致的发热。但总而言之，这与一般竹子散发的热量相去甚远。

老翁一边向方才跨过的竹蜈蚣发送增设武器的命令，一边询问竹

1　狩衣：狩衣在日本古代历史上最先是野外狩猎时所用的运动装。——译者注

2　乌帽子：日本明治时代以前成年男子的日常配饰之一。——译者注

子们:"那是什么东西?"

"杀了你这竹子小偷!有什么事?"

竹子们很惊讶,似乎没有察觉到异样。老翁对周围进行了一番调查,发现附近的传感器都已经失效,也可能混入了伪造数据。

老翁和竹子们包围了这处热源——双方缔结了休战协议,决定暂时携手合作。竹子们作为被夺舍的一方义不容辞,老翁也不希望后山出现奇怪的东西。

老翁跨过长出密密麻麻炮塔的竹蜈蚣,带着昆虫大小的无人机和激光制导炸弹群慢慢靠近那株发热的竹子。与众不同的竹子保持着沉默,既没有与他交换通信协议,也没有防卫反应,交流失败了。

随后,老翁与其他竹子的意见达成一致。战术画面接入,敌我识别器将这株奇妙的竹子标记为敌属性。老翁退到后方,正当他打算下令兵器群展开攻击时——

与众不同的竹子爆炸了。

某个兔子大小的物体从中跳出,撞倒了老翁后又飞跑起来。它的速度实在太快,就连经过强化的视觉系统和动作传感器都难以捕捉。这个物体逐渐加速,和他们拉开了距离——旋即碎裂开来。它碰到了竹子们布下的微丝陷阱。散落在几百米内的碎片以较大的那块为中心开始再生,强大的生命力令见惯了合成生物兵器的老翁也瞠目结舌。但无论如何,它已经逃不出老翁的手掌心了。

物体的形状和婴儿有些相似,趁它还没有恢复完全,老翁将其一把抱住。它挣扎着大吵大闹起来，一根钉子从腹中破出，差点怼到老翁脸上。

老翁笑了笑："真是个可爱的小不点儿。"

婴儿不断抵抗，咬碎了老翁的手指，然后安静下来——是停滞代码。他在自己的手指细胞中植入了陷阱，强制执行一个无意义的Loop[1]语句，直到婴儿的内部系统崩溃。这是非常老套的手法，但这个小婴儿还是轻易上钩了，所以老翁判断它不具备最基础的免疫战术库。如果它是怀着某种敌对意图侵入这里的，那偏科也未免太严重了。

于是他把小婴儿带回草庵，在实验室里检查了一番。婴儿的身体是提取竹子基因制作的，首先生成的是不具备智力，但有着强烈生存本能的身体，等它能靠自己生存下去，万事俱备了才会形成大脑。也就是说，容器完成后才会将精神体下载到身体中。

老翁想起了很久很久以前生活在海中的海鞘。在水中游泳生活的海鞘幼体具备神经组织，但当它们定居在某处，变为成体后，神经组织便会被吸收。营固着生活时，智力没有用武之地，海鞘们便通过处理掉这些多余的器官以达到节约生存成本的目的。

这么说来，这个小婴儿算是逆向版的海鞘。因为维系精神需要较高成本，幼体将生存放在第一位，只有那些存活下来的个体才能长出

1　Loop：基于JVM的编程语言，提供了函数编程特性，简单有趣。Loop强调可读性、简洁、清晰，侧重于性能和并发性。——译者注

中枢神经系统。之后，它才会下载精神体，成为智慧生物。

在白村江之战[1]中也见过这样的手段——老翁想。

若是如此，可能还能找到其他类似的生物。将成本低廉的婴儿大量散布在山中，以求其中一部分生存下来，这就是对方的战术吗？他把这件事告诉竹林里的竹子们，让它们提高警惕，同时对婴儿将要下载的精神体也萌生了兴趣。如果要进行观察，将它丢在野外不管就太轻率了，于是谨慎的老翁制作了一个隔离笼（沙盒），将婴儿放了进去。这样既能为即将下载的精神准备好受体，婴儿想逃走也不容易。

制作笼子的材料来自竹林，对此竹子们颇有怨言，但老翁没有理睬。他可是伐竹翁啊，用点竹子有什么不对？

婴儿在沙盒中茁壮成长，只用了48小时便化为成体，开始发出某种未知信号。这些信号都被沙盒所屏蔽，但老翁刻意复制了信号向周围发射。信号收到了回复，方向显示来自上空。难道上空有对方布置的观测用的无人机？他没有过多追究，反正这些都会被拒之门外。

现在，小婴儿的形状已经接近人类少女的素体，看上去就像一个超人类。老翁构建出一个自己的精神分支并将其送入沙盒内部。少女已经醒来。明明自己对精神体的下载进行了干扰，真奇怪……老翁心想，但还是决定之后再研究这件事。可能有备份吧。

---

1 白村江之战：公元663年，日本百济联军与唐朝新罗联军在朝鲜半岛附近发生的战争。——译者注

"放我出去。"少女指着沙盒,"我是辉夜。"

"是吗?"老翁回答。听了他的话,辉夜有些惊慌。

"那个,辉夜是我的名字。"

"我听见了。"

"——呃,所谓的名字,是用来识别不同个体的东西。"

"这我知道。"

辉夜看上去完全陷入了混乱。

"这种时候双方不应该互相报上名讳吗?"

"算是吧。"

"你叫什么?"

"我忘了。"老翁回答。他也是个有故事的人,之所以会过上采伐竹子的生活,绝不是为了装门面或是一时脑热。

辉夜太过惊慌,看上去甚至有点可怜。

"这和我所知的协议不一样啊。"她嘟嘟囔囔地说,"说起来,我到底是谁?"

"你刚刚不是自己说过吗。"

"我不知道。我的记忆有缺陷,应该是受到这个沙盒的影响,感觉精神体的下载不太顺利。"

"那你节哀顺变。"

"放我出去。"

"这个说法不太合适吧。"

"请放我出去。"

"我考虑考虑。"

"我也可以强行出去的。"

"请自便。如果你能做到的话。"

于是辉夜便那么做了。

之后,老翁不厌其烦地确认当时的日志,但直到最后都没弄清楚到底发生了什么。他制作的沙盒被轻易骇入、分解,精神分支被挤到角落动弹不得,辉夜得到了解放。冲出沙盒的辉夜将动弹不得的老翁踹倒在地,坏笑着说:"拜拜啦!"

她瞬间加速跑掉了。实在是风驰电掣般的速度。

从辉夜消失到老翁回过神来一共耗时2秒。之后又过了8秒,他收到了竹林的消息。

"有什么东西从你这家伙住的地方过来了。赶紧拿走,傻瓜——傻瓜——"

单看这行字真是愚蠢透顶,但也可以理解。除去天生具备的各种技能,竹子们的脑袋和它们的身体一样空空如也。

老翁来到竹林时,发现辉夜被竹子布下的微丝陷阱缠住无法动弹。看到老翁,她有些不好意思地笑了笑。

"之前好像也发生过这样的事。"

"之前你还被切得七零八落呢。"

说实话,辉夜没变成碎片令人惊讶。她可是在高速移动中撞上了微丝！辉夜身体表面覆盖着的银镜膜阻隔了微丝，老翁从未见过这种物质，但还没等他仔细检查，那层膜便消失了。

辉夜真是个不可思议的存在。老翁望着挂在微丝网上的少女，发觉自己越来越难对她保持警惕了。

"放我下来。"

"这个说法不太合适吧。"

"请放我下来。"

"嗯……我考虑考虑。"

老翁双手叉腰仰望着辉夜。必须让她吃点苦头，要不要就这么吊一会儿，等她衰弱之后再来呢——

"别耍帅了，你这个竹子小偷！"

竹子们同时通过无线通信和音响尖叫起来。

"不是让你把这东西拿回去吗？你没听见吗？真是的！"

竹子自行斩断了微丝。掉下来的辉夜被老翁接住了。两人目光交汇，目瞪口呆，然后不约而同地笑了起来。

他们一起走回了草庵。这次辉夜没有试图逃跑。

少女没有地方可去，于是老翁不得不承担起照顾她的义务。他已经想不起上次和他人同住是多久前的事情了，但必须承认，与辉夜共度的时光是快乐的。

辉夜记忆力强悍，活泼又不好胜。她一大早就缠着老翁，坚持要帮他砍竹子。

"今天你总得带我去了吧？"

"下次吧。"

于是，辉夜在老翁的眼皮子底下溜进了竹林。老翁一边装作没发觉的样子，一边偷偷侵入竹子们的感知网络监视着她。辉夜每次都会笨拙地向竹子发送代码，被它们的免疫系统发现后遭到无人机追赶，最后陷入地雷区、陷阱或微丝网中动弹不得。那会儿往往已经是中午。每当这时，老翁便装作偶遇的样子来到辉夜身边将她救出，并进行一番说教。

"你看，我说什么来着？"

"差一点点就成功了。"

"我说啊，竹子们又傻又冲动，你只要发发垃圾邮件说点好话，再往邮件里植入些病毒，就能马上解开陷阱。"

"没关系，别说了。我要自己来，我绝对要自己砍到竹子。"

尽管对她一本正经的发言有些无语，老翁还是将遍体鳞伤处于再生状态的辉夜搬了回去。

辉夜在竹林里待的时间日渐延长。

辉夜是一名果敢而又不屈不挠的少女，她找到了竹子免疫系统的弱点，学会了躲避微丝，还能用玩笑回击骂骂咧咧的竹子们。辉夜已经能熟练使用自己特殊的身体了。这具躯体拥有坚固的骨架、高效的能量炉、敏捷的行动和反射率极高的奇妙银镜膜，就像一层铠甲。有时她也会把银镜膜当成衣服来用。

渐渐地,老翁也不再出手相助,只是去看看情况。中午两人一起休息,下午辉夜便帮忙做些没做完的工作。有时辉夜直到黄昏才回家,老翁出门迎接的次数也增加了。但即便如此,砍伐竹子仍然是件困难的事。能在竹林中生存离能砍竹子还差得远。尽管老翁说过不必着急,但他越是说,辉夜便越喜欢蛰伏在竹林当中。

有一天,直到太阳下山,辉夜也没回来。

老翁慌了。夜晚的竹林分外喧闹,他起大早去伐竹不是没有理由的,但他不记得自己告诉过辉夜这一点。必须尽快前去帮她,但老翁却不甚情愿。

"我绝对要自己砍到竹子。"他回想起辉夜的话。

到底是去,还是不去呢——当他不知是第几次反复纠结时。

"我回来了!"

老翁操着战斗用的驱动系统冲了出去。面前的辉夜身上布满了碳片。正当他要扫描辉夜躯体的受损情况时,少女得意扬扬地递出一样东西。

"你看,我砍到竹子了。"

尽管只有一小片,这确实是竹子。掉队的竹片一边大喊大叫着"放开我,你这个小不点儿竹子小偷——"一边挣扎,差点从辉夜手中落下。辉夜用力摁住竹片笑了。看到这一幕,老翁已经没有了责怪她的想法。

"下次要在天黑前回来。"

"啊，还有一件事，你听。"

辉夜指了指竹林。

黑暗中的竹林传来奇怪的声音，"呜——呜——"就像响彻战场的号角。老翁担心起来，以为辉夜和竹子们之间终于要展开全面战争了，但辉夜笑眯眯的。

"这是什么？"

"我让它们唱歌。"

原来辉夜在竹子中植入了协议，调节它们吸气排气的节奏，让每根竹子以笛子般的韵律震动。辉夜一边侧耳倾听着竹子发出的低音合奏，一边高兴地解释起来。

"太阳出来时要想调整它们的排气很难，所以我这次等到了晚上。啊，但那块竹片是我在白天砍下来的哦。我想庆祝一下，就想到了这招……"

辉夜抬头望着老翁。

"对不起回来晚了。你在担心我吗？"

老翁用他的全方位视野环顾四周，思考自己该说些什么，但什么也没想出来。

"呜——呜呜——"辉夜和着竹子的歌声迈出步子。老翁一面将这一幕收录下来，一面领着她进了草庵。

就这样，两人过上了永远幸福快乐的日子——但故事通常不会这么一帆风顺。两人之间出现了一个大问题。而导致冲突正式发生的原因，就是那个自古以来让无数父母烦恼的问题。

辉夜提出想要连接网络。

老翁拒绝了她的要求。辉夜不服气地质问道："为什么我不能连网呢？"

"会引来奇怪的虫子。"

老翁还没忘记婴儿期的辉夜轻易被低级陷阱骗到的事。要是缺乏这方面能力的辉夜毫无防备地在网上到处乱逛，被某些不怀好意的家伙盯上就麻烦了。老翁自己也不想引人注目，但除此之外，他担心的是将辉夜暴露在世人的目光下所带来的风险。

但老翁没能把自己的想法告诉辉夜。长期过着独居生活，只能跟竹子说话的他，语言能力已经有些退化了。

"说了不行就是不行。这个话题到此为止。"

"哦，好吧。"

辉夜大步跑出了草庵。

犹豫了一会儿，老翁派出无人机追在她身后。

辉夜大步走向竹林。"她要做什么呢？"老翁想。辉夜还算不上采竹的达人，经常在竹林里受伤。就让你吃点苦头吧——老翁装作漠不关心，望着无人机传回的视频。

辉夜坐在竹林边上，和竹子开始了通信。"是想使用竹子们的网络线路吗？如果她是这个打算，那只能聊以自慰了。"老翁失笑。早在几年前，因为在网络上感染了变异天狗巢病[1]病毒，竹子们已经自发切断了网络。

辉夜看起来很沮丧。

接下来，她又开始发送某种代码。竹子们不情不愿地吐出了某种合成物。那是一个黑色的三角形锥体——是竹笋。合成失败了，只做出了一块新鲜的软炭。

老翁哑口无言。而辉夜不管不顾地开始咀嚼这块碳化竹笋。

在辉夜努力吃掉竹笋期间，竹子还在源源不断地产出碳化竹笋。辉夜很快放弃了当场将堆积成山的竹笋吃完的计划，这次她合成了一个背篓。出来的确实是一个背篓。老翁彻底无语了。"别用背的，让竹笋自己走回去不就行了吗……"这么想着，他仿佛看到了一群碳化竹笋向自己走来的光景。辉夜一声令下，竹笋们便接二连三地向草庵冲来，撞在墙壁上迸裂开。之后，细细的炭灰误以为这里是它们的归宿，于是这群愚蠢的家伙像雪花般落下，把草庵的墙壁染得漆黑……

老翁爱干净，平时收拾房间是少不了的。不能容忍自己输给信息熵的他，为了保持居所整洁，连自家草庵的墙壁也是用光触媒建成的。而自己这番努力眼看着就要被毁于一旦。

老翁害怕了。

---

[1] 天狗巢病：一种多发于樱花等树木的疾病。染病的树木枝干上会形成瘤状物。——译者注

辉夜背着竹笋回到家时，发现老翁正在草庵外头等着她。叉开腿站着的老翁和背着比自己还要庞大的背篓的辉夜互相瞪视，辉夜把背篓往下一扔，老翁也坐了下来。

辉夜死死盯着对方，一边把一块碳化竹笋送到嘴边。一口、两口，她吐出一口漆黑的唾沫，又咬了一口。一口、两口，吐口唾沫，一口、两口、三口，她咳嗽起来。

老翁忽而有些不知道自己在干吗了。这到底是什么情况？某种投降的仪式？投降？谁会投降？起码肯定不是他自己。他绝对不会放弃的。谁会投降啊，傻瓜——想着想着，老翁突然发现自己已经忘了当初是因为什么吵起来的。他偷偷回溯记忆，终于想起了连网的问题。

非要连网的辉夜，最后吃起了碳化竹笋。

这就是所谓的蝴蝶效应吗？原来如此，懂了懂了——才怪呢！打消心里的念头后，老翁陷入了手足无措当中。这就是代沟吗？辉夜对他而言就像一个刚出生的婴儿，和一个婴儿沟通这件事从本质上就是错的吗？他再次调动全方位视角四下巡视，希望能找到打破当下僵局的方法，这时辉夜开口了。准确地说，她并没有发出声音，只是发送了一条短消息。因为她嘴里已经塞满了炭。

"好难吃。"

"我猜也是。"

"你猜我为什么要这么做？"

"我无法理解。"

"就是这个。"

"什么？"

"我就是不想让你理解。"

"噢，那你可真是拐了个大弯啊。我想理解你。"

老翁没说话。

"我也希望你能理解我。不要求你一下子就完全理解，但我希望你不要总是不由分说地否定我，我也是有很多想法的。我希望你能好好听我说话，我做这些，只是希望你能明白，无法理解对方的想法是件多么令人讨厌的事。"

"所以你才开始吃竹笋？"

"没错。你知道吗？这些可不是食物。"

"还好你能意识到这一点。"

"其实我耍了个小花招，跟竹子说'给我把它们变成看上去像炭但其实可以吃的东西'。"

"别太相信那些竹子，它们又蠢又坏。明明脑袋空空却很傲慢，不是什么好东西。你要提防一点。"

"下次我会注意的。"

辉夜把竹笋推给老翁："吃吃看。"

"为啥？"

"这是象征我决心的味道。"

于是老翁吃了一口。他那长期以来处于休眠状态的味觉再次启动，疯狂报错之后又歇菜了。但这对老翁而言未尝不是一件好事。

"真难吃。"

"品尝一下我的痛苦吧。"

"这不是你自作自受吗？"

两人不约而同地笑了。笑声接二连三地爆发，久久没有停歇。

老翁花了很长时间，做了一个决定。

"关于连网那件事。"

"嗯。"

"回答的时候不应该说'嗯'，要说'好的'。"

"好的。"

"我允许你连接网络。"

"太棒啦！"

"但你要用我的线路连，万一被卷入什么奇怪事件，你也可以马上离开。"

"谢谢你！"

辉夜向老翁扑去。老翁本想推开，但不知为何，反应迟了几毫秒。被辉夜沾满炭灰的脸蹭了几下，老翁也变得浑身漆黑。

"放开我。"

"嗯。"

"不对。"

"好的！"

辉夜乖乖放开了手。她未免有点听话过头了，老翁莫名产生了一种不祥的预感，但辉夜已经开口。

"啊，顺便一提，还有一件事想要拜托你。"

"什么？"

"我想知道你的名字，结果你到现在都没告诉我。"

确实如此。因为只有他们二人，平时用"喂""你"就行，并且老翁也有些不为人知的隐情。名字象征着人的本质，一旦把老翁的本质曝光，他那见不得人的过去也会随之大白于天下。

但什么都不说，是过不了辉夜那关的。

"我叫'赞岐造'。"

这是老翁身体的制造商，"赞岐造"在业内的意思是"制造负责人/赞岐工业"。辉夜坏笑着，看来老翁报的不是真名这件事已经暴露了。她饶有兴趣地注视着老翁若无其事地报出生产批号等内容。

"没事，不用说了。"

"抱歉。"

"但我还是想知道怎么称呼你。"

"我就是个伐竹翁。"

这是竹子给老翁取的名字。虽然按它们的原话，应该叫"偷竹子的臭老头"。

这次辉夜好像满意了，绽开一个笑容。

"'爸爸'，怎么样？"

"什么?"

"你的名字。因为是你把我养大的。"

"把你生出来的是竹子,你去管竹子叫爸爸吧。"

"生出我的不是我的妈妈吗?而且,我刚才真的试着叫了一下,想说能不能动之以情。"

"那些家伙什么反应?"

"它们说'呃啊啊啊啊啊啊啊'!"

"看来你第一次和它们共情了。"

"说实话,要我叫它们爸爸妈妈感觉有点那个。"

"我也觉得有点那个。"

"咦,难道你害羞了?"

辉夜嘻嘻笑起来。这样的反应却让老翁不知如何是好。

"没空陪你玩。"

老翁转身就走,辉夜紧追不舍。

"你要去哪儿?"

"泡澡。都弄脏了。"

"喂,我们一起泡吧?"

"啊?"

"都弄脏了。可以吧?反正是声波浴对吧?"

"我要用水洗。"

"那我也要一起。"

"不行。"

"开玩笑的啦——不用那么紧张。"

两人一路吵吵闹闹地回了草庵。

什么？你说有没有入浴场景？这毕竟是童话，你懂的。

之后，用老翁准备的假账号登上网的辉夜如鱼得水，她贪婪地汲取知识，不断更新自己，逐渐成长起来。尽管老翁也曾叮嘱过"别玩过火了"，但辉夜置若罔闻。她加入每一个社区，都能瞬间成为人气焦点。才华横溢却不自傲，偶尔也有犯傻的一面，辉夜的人格魅力让她轻易俘获了人们的心。

而用老翁的话来说，辉夜这老少通杀的魅力里包含了利用人类精神脆弱性的伎俩，不足为训。

"你有什么目的？"某天，老翁询问辉夜。

"我想知道自己到底是什么。"辉夜回答，"所以我在收集情报。为了情报，也在积攒必要的资本。我会自食其力，不会给你添麻烦。而且，这对爸爸你也有好处，毕竟不知道我的真实身份对你来说也有风险，不是吗？"

正如辉夜所言。现在别说真实身份了，就连她的身体产自哪里，各个内脏发挥什么样的作用也不知道。情况令人十分不安。

"别玩得太过火了。"老翁只能这么说，"别看我这样，我可是隐姓埋名地在过活。"

"我想也是。"辉夜略带歉意地说。老翁突然意识到她知道的可能比自己想的要更多。但看到辉夜的样子，他没有追究。虽然知道辉夜对人类心理了解得很透彻，这不过是她操纵的手法，但他还是敌不过辉夜。

"我不会问你对我的事知道多少。"

"嗯。"

"不应该说'嗯'。"

"好的。"

"你爱干啥就干啥吧。"

"谢谢你，最喜欢爸爸啦。"

"喜……总之，注意安全。"

"好好好。"

"'好'只需要说一次。"

就这样，老翁被摆了一道，辉夜正式开始了调查。

首先，为了找到线索，她盯上了自己诞生的方式。

"这不就跟翻车鱼一样吗？"辉夜说，"将低成本孕育出的鱼卵散布到各地。所以除了我以外，可能还有其他个体存在。"

"都是以前的事了。"

"应该会留下痕迹吧？"

辉夜的推测是正确的。日本各地流传着关于"奇妙合成体"的传闻。传说中的地底人、吸血鬼，出逃的企业实验体，"日本黏菌机构"研发的纳米机器群暴走了，后人类（Post Human）终于要舍弃人类了，"这绝对是真的！那就是卓柏卡布拉[1]，看这个齿痕的形状，这就是我被它咬了的证据"，等等。

在追寻这些传闻的过程中，辉夜一直谨慎地隐藏自己的踪迹。但她还是吸引了某些人的注意。因为他们开始四处窥探的时间比辉夜更早。

而且他们是比辉夜更强大、更恐怖的存在。

一切始于监控摄像头遭到的些微入侵。入侵发生在最危险的地方——朝廷所有的保护林。老翁大惊失色，在他的协助下，痕迹本应被消除，对方却轻而易举地追踪而来。当辉夜的主邮件地址开始收到警告信息时，两人都放弃了挣扎。

对手太过凶恶了。他们是朝廷的殿上人，也是最早进入正反馈环的一批玩家。这些人生赢家一路平步青云，现在已经成长到了能为自身利益改写规则的地步。

他们是石作皇子、库持皇子、右大臣阿部御主人、大纳言大伴御行和中纳言石上麻吕足。

警告是这五个人联名签署的。

几位贵公子地位不相上下，有的是超人类界的名人，有的是大公司的经理，有的智慧过人。这些半神们通过自我改造成为完人中的完

---

[1] 卓柏卡布拉：Cupacabra，美洲各地传说中会吸食牲畜血液的怪物。——译者注

人，终于得以升殿。就连老翁也不敢与之为敌。

"来的净是些大人物啊。"

"怎么办？"

"惊慌失措也没用，只会暴露自己的弱点。把这当作是先发制人的机会吧。"

辉夜不安地点点头。但老翁手头没有什么东西能缓解她的不安。

辉夜和五位贵公子在线上会面了。挤在一片纯白、没有其他修饰的 AR 环境中，贵公子们看上去浑身难受。没想到每个人都亲自莅临，既没有派代理人，也没有使用临时分支。这是一个非常不祥的预兆。

本来老翁是不参加这种会面的，但他多少有些经验。所以他保持着隐身状态，打算旁听这场会面。

老翁不禁想，能让每一纳秒都价值宝贵的贵公子们二话不说拨冗前来，辉夜到底刺探到了什么情报呢？

辉夜既美丽，又拥有让人趋之若鹜的技术和才能，但贵公子们并不受古典价值观的束缚。在他们还是人类的时候，他们的人格频谱就应该已经超脱凡尘了。能让这几个人采取行动的不是美色或人类的魅力，只有关乎自我改良的利益。

"你为何觊觎我们的资产？"

石作皇子抛出一个尖锐的问题。

"我想知道自己到底是什么。我以为你们会有线索，希望你们能协助我。"

"协助？这对我们有什么好处？"

"我找到的答案就是好处。"

"你是说，你的真实身份能给我们带来利益？"

"没错。"

辉夜沉默了。原来如此，老翁拍了一下膝盖。现在辉夜能呈给殿上人的，只有她自己的真实身份了。

但老翁也发现了，缺乏情报是个难以克服的弱势。"猜中箱子里装的是什么就把里面的东西送给你！"这样的游戏，只有在箱子里的东西有价值，或起码可能有价值时，交易才能成立。争取挑战权时更是如此。

知道箱子里装着什么的只有辉夜。

所以贵公子们都咽着口水，等待辉夜的下一句话。为了让之后的交涉对自己更有利，辉夜正在对他们进行暗示。

但她还是有点急躁了……正当老翁开始这么想时，收到了一条短消息。发信人是——辉夜。当然，也只能是辉夜。

"我什么都没想出来。"

"你这傻瓜。"

"呜哇哇怎么办完了完了对不起救救我想想办法——"

支离破碎不成句的感情宣泄，老翁彻底无语了。要是惹怒了贵公子们，马上会迎来毁灭。他拼命开动脑筋——发现了利用对方的机会。

"我有一个办法。"

"告诉我。"

"把你的身体卖给他们。"

之前也说过好几次,老翁的沟通能力有些许问题,这让辉夜吓得瑟瑟发抖。老翁再次详细进行了说明,理解了他表达的意思后,辉夜也逐渐冷静下来。

她对贵公子们说道:"我可能是后人类的造物。"

后人类。那是人类的眼中钉。

超人类在世界各处繁荣地发展着,新生罗马帝国、"古物"、唐帝国、环大西洋联合王国、"巢",当然还有朝廷。

人类圈正向地球上的每一片区域扩张,但存在着一个无法视而不见的漏洞,那就是连超人类也无法超越的上位存在——后人类。那群怪物掌握的技术比超人类强不了多少,但确实有优势,他们盘踞在地球上,双方的差距正逐渐被拉开。

吞并瓦尔哈拉战斗群并驱逐了旧罗马帝国的"哥特族"、位于旧地中海盆地的"奥林匹斯""CTLF""阿南西的子嗣们""龙"和"假面舞会"。将目光转向远东地区,中国东海有栽培谜样树状构造体的"蓬莱"、未经许可强行狩猎超人类精神体的"黄泉",都让唐帝国和朝廷头痛不已。

"我可能是这些后人类的造物。"辉夜如是说。

"既然提出了了不得的主张，"大伴御行说，"就需要提供了不得的证据。"

"证据就是我这具身体，里面有一些用未知技术制成的器官。如果你们要调查，我可以全力配合。"

没耐性的贵公子们立即着手开始签订合作协议。他们分出自己精神的一部分撰写协议内容，在合作协议中，辉夜公开了一部分自己调查的成果。一部分——这是重点。根据协议，调查辉夜的身体得到的数据是共同财产，但其衍生物的权利属于贵公子们。老翁似乎已经能听见他们贪婪舔舐嘴唇的声音了。

"赶紧让我们看看要提供给我们的东西吧。"

"好。"

辉夜没有半分犹豫，她卸下了免疫和防火墙，袒露出自己的真身。贵公子们和老翁都发出了惊叹。如今辉夜的身体已经完全成熟，体内运作的微型构造、强大的计算能力、超高密度骨骼……已经包覆住体表的银镜膜上有几道深深的狭缝，勾勒出少女美丽的肉体。

毫无疑问，辉夜是超越了超人类的某种存在。

老翁倒吸了一口凉气。辉夜的身体里有许多无法分析的器官。是他提议让少女将自己的身体作为报酬提供给贵公子们调查的，但辉夜体内寄宿的力量超出了他的想象。"辉夜是后人类的造物"不过是毫无根据的虚张声势，但或许是真的也说不定。老翁不禁想。

"必须进行检查""给我样本""给我优先权""现在马上"……

贵公子们急不可耐地朝辉夜逼近。辉夜冷静地开始分配将要赠予他们的东西。

辉夜将骨骼里含有的超高密度素材给了石作皇子。

"是简并物质[1]吗？"石作皇子发出了深深的感叹，"泡利不相容原理[2]去哪了？它应该不能保持稳定状态才对。"

库持皇子获得了访问辉夜体内记录装置的权限。容纳辉夜精神体的中枢神经系统像一棵大树，内容被高度加密，但库持皇子指出其形式与"蓬莱"使用的密码很相似。

右大臣阿部御主人测定了辉夜周身覆盖着的银镜膜的反射能——反射率是100%。"因为电磁波不能传递能量，这层膜内部的物理常数在不断变化。"右大臣难掩兴奋之情。

大纳言大伴御行获得了调查辉夜大腿上植入的引擎的权利。大纳言一眼就看出，它的放射线与"龙"的能量源类似。他们需要采集"龙"身上的样本进行比对。在后人类中，"龙"算是好相处的一类，但这种行为依然很危险。大纳言静静地接受了这一事实。

中纳言石上麻吕足获得了辉夜的干细胞。这是所有器官分化的源头。尽管细胞已经处于休眠状态，中纳言还是决心对它们进行培养。

1　简并物质：是密度极高的物质。这是由于泡利不相容原理妨碍组成粒子占有相同量子态，强迫许多粒子进入高能量子态，而显示简并压力，使密度增大。简并物质有白矮星、中子星、奇异物质、金属氢和黑洞等。——译者注

2　泡利不相容原理：又称泡利原理、不相容原理，是微观粒子运动的基本规律之一。——译者注

不管怎么说，要是培养顺利，这就是能获得另一个辉夜的种子。

东西到手后，贵公子们不愿意再多浪费一秒。

"看来他们接受了提议，太好了。"

贵公子们消失后，辉夜长出一口气。

老翁陷入了沉默。等他终于开口，冒出的却是一句"说什么傻话！"他已经控制不住自己。"一开始就不应该让你上网，万一有其他像那群贵公子一样的恶徒对你下手怎么办……"老翁滔滔不绝地表达着悲观的想法，理论也逐渐变得古怪。"辉夜你太松懈了""生活上的松懈就是心灵的松懈""给我好好收拾草庵"这种感情用事的发言也冒了出来。就在老翁说到两人的逃跑计划时，辉夜打断了他。

"对不起。"

这种程度的话不足以让老翁停下话头，辉夜毫不畏惧地接着说道："没跟你说我身体的事，对不起。"

这句话让老翁沉默了。辉夜的体内有着无数未知器官这回事在两人之间是一个微妙的话题。突然不得不直面这个问题，老翁慢慢调起战术画面，思考着该如何应对眼前的局面。但他什么也没想出来。

"只有你自己以为自己还没输"——战术画面好像在对自己这么说，老翁干脆地关掉了它。

"今后的日子会很难过。"

"我知道。"

"总之,先祈祷那群家伙调查失败吧。"

"要是成功了呢?"

到时候再说——但老翁没把这句话说出口,只是咧嘴一笑。哪怕被辉夜追问:"你是不是一点打算都没有啊?"他的笑容也纹丝不动。毕竟姜还是老的辣。

贵公子们的探索遇到了极大的阻力,每天呈递的报告诉说着他们的战斗之艰难。

石作皇子试着用粒子加速器让重子[1]产生撞击,以产生简并物质。构成辉夜骨骼的物质被异常的压力压缩,获得了极高的密度和强度。这种东西通常只能出现在黑洞里,而黑洞的重力会将一切碾碎。很显然,别说复现同样的物质了,光是为了准备实验,就需要建造全新的设施,思考全新的理论。石作皇子将自己所有的资源都投入高压思考当中,沉浸在理论物理的深渊里,一时间是联系不上了。

库持皇子正在谋划着要入侵"蓬莱"。他调用了一批能进行自我改良的微型无人机群,将它们送入了"蓬莱"的构造物中。顺利盗出数据后,以防万一,库持皇子将数据放在沙盒内进行解压,随后获得了大量令他瞠目结舌的信息。但这些信息都是假的。伪装成构造体成长相关资料的病毒在库持皇子的精神内部开花结果,盛放的大朵鲜花

---

[1] 重子:在现代粒子物理学的标准模型理论中,重子这一名词是指由三个夸克(或者三个反夸克组成反重子)组成的复合粒子。——译者注

试图将他取而代之。在最后一刻总算成功将被污染的精神删除的他充分体会到了"蓬莱"的理论屏障的威力。库持皇子决定撤退。

右大臣阿部御主人成功了。他改变了普朗克常数[1]，但这不过是量子层面上的成功。要想构筑出稳定的膜状物根本是痴人说梦。即便如此，欣喜的右大臣还是振奋精神再次来到辉夜的住所，但在她面前的复现实验却屡屡失败。后来调查显示，在研究过程中出现了造假行为，有人在暗中操作资金流，真是可悲。

大纳言大伴御行以日本海为主战场和"龙"发生了数次交战，不料在战斗中破坏了旧水合物采掘工场群而遭到唐外务省的严正抗议，最后以痛失舰船告终。他本人则因为令军事公司资产陷入危险而卸任CEO一职。大纳言的战场变成了法庭，他已经无暇顾及辉夜了。

中纳言石上麻吕足的干细胞培养失败了。干细胞没有任何反应，等到它终于开始增殖，却只是成了一团肆意膨胀的肉块。最后中纳言潜入了竹林，他困守在竹林中，宣称要完全再现辉夜诞生时的状况。但几小时后，中纳言的上半身在竹林边上被发现了。被救出后，好一阵子他都气势汹汹地嚷着要让这片竹林变成环形山，但那也只是暂时的。中纳言清楚何时该抽身而退。

贵公子们的探索全都以失败告终。这些有着强大能力的超人类也无法弄清辉夜的真面目，这只会增强"后人类造物说"的可信度。老翁发出一声叹息。

1　普朗克常数：记为h，是一个物理常数，用以描述量子大小。——译者注

这个女孩到底是什么生物？

自己当时到底抱回了什么玩意儿？

老翁突然抬腿走向发现辉夜的那片竹林。现在是夜晚，但对于眼部配置有低亮度增幅功能的老翁而言这座山和白天没有两样。

辉夜正双手抱膝坐在竹子根部和周围的竹子聊着什么，有时发出笑声，有时唱着歌，有时又低头不语。

老翁不知该如何开口，伫立在原地。

先说话的是辉夜，"怎么了？"

"很可惜，没获得什么线索。"

辉夜呆呆地注视着生出自己的竹子。竹子根部有个吸气口，结构比较脆弱，所以为了支撑枝干，竹子们长出了发达的板根。辉夜咚咚敲着突出的板根，陷入了沉思。要是老翁干这种事竹子早就杀气腾腾了，但它们却并未对辉夜的举动表示不满。

"之后你打算怎么办？"

"我好怕。"

辉夜冒出一句。

"我不知道，不知道自己到底是什么。这让我觉得好可怕。"

辉夜没有纠缠老翁，只是回望着他。老翁想要走近她，但失败了。辉夜仿佛身处一个遥远的地方，那个元气满满的她不见了。

"谁管你是什么。"

"不是你管不管的问题。"

"抱歉。"

"是件重要的事。"辉夜嘟囔了一声。

"关于你的真实身份吗？这对我来说无所谓。呃，我的意思是，你就是你。"

"不是的。我感觉自己忘记了什么，那是一件非常重要的事。但我却什么也想不起来，什么也不知道！"

老翁终于迈出了步子。在他向前踏出一步的同时，辉夜也朝他飞扑过来。辉夜埋在老翁臂弯里颤抖着，老翁从未见过这样不安的她。

"怎么办？我是什么？发生了什么？我有该做的事，我明明有非做不可的事情的！"

只有月色和竹林在看着两人，时间就这么流逝。流逝的时间沉淀在老翁心中，他心里逐渐浮现出一个决定。

这时，老翁开口了。

"这件事，我也来帮忙吧。"

他的全方位视野中，有什么在闪烁。

那是御帘，是贵人们使用的隐私保护屏。但这幅御帘的性能是市面上的那些商品不可比的。它具有军用等级的隐蔽性，之所以能发现是因为他们运气好吗？还是另有原因？

御帘慢慢变薄，出现了一名男性。他身穿朴素的直衣[1]，下巴有些凸出，正仰着头用锐利的眼神注视着辉夜。

每一个国民都认识这张脸。

"——帝。"

男人有些腼腆地笑了。

帝是日本的支配者，这意味着他拥有这个国家最高的智慧和最多的资源。

这么强大的存在，当然会引起周围民众的警惕。人们担心他有朝一日会加入后人类，飞跃至技术奇点的另一端。为了抹去世人的不安，帝时常强调自己作为超人类同伴的立场。他一有机会便着手更新《人类宣言》，这份宣扬人性、约定永远守护人类的声明支撑着帝的权威。

腼腆的笑容也是战略的一部分，是帝为了掌握人心机关算尽的人造人性。

帝维持着笑容，看向老翁。

"好久不见了。"

老翁没有回答。两人是老相识了。虽然帝无数次从备份中复活或产生低级分支，但他的整体一直属于同一个系统，也就是所谓的万世一系。而老翁是少数直接接触帝的人之一。

---

[1] 直衣：平安时代以后，天皇、皇太子、亲王、贵族和朝臣穿的常服。——译者注

但老翁并不打算叙旧，帝也一样。

"右大臣来找我哭诉了，他说他已经不想再跟辉夜扯上关系。看来也是个鼠目寸光的愚蠢之辈。"

"你为什么会来？"

"我也对辉夜有些兴趣，所以有亲自一来的价值。"

"真夸张。"

"不夸张。她可是能证明异种智能体存在的证据。"

"是活证据。"帝改口说道。尽管他没说出口，但老翁似乎能听到帝在说"要不是活着的就好了"。

"你说的异种智能体是指后人类吗？"

"有两点和你的说法不同。第一，他们恐怕比后人类更强大；第二，他们是从地球之外来的。"

突然，老翁等人的视野中出现了一片星空，是帝创造出的虚拟环境。三人如同耸立在宇宙空间中的巨人，俯瞰着地球。

地球，蓝色的、美丽的、人类的住处——现在，在帝的虚拟环境中有什么正接近它。那些东西来自黑暗的宇宙深处。那些陨石状物体如同霰弹般绽开落下，虽然大多在大气层的摩擦中被焚烧殆尽，但也有部分留了下来。

镜头向一块"陨石"拉近。这块侵入体擦过通信飞行器，在平流层被进一步分解为尘粒，成了云中水蒸气的凝结核。后来，又化成雨降落到地表，渗入地下。恰好那里遍布竹子的物质吸收根，根系吸收了尘粒，这些有智慧的尘粒苏醒后夺取了竹子的代谢系统，并发育出器官——

"这些不过是基于推测重现的场景，但……"

帝说了一句多余的话。辉夜脸色苍白。

"你有什么证据吗？"

"有的，有许多。"

虚拟环境切换了。这是一片类似实验室的纯白空间，被分割成几块，机械和人匆匆忙忙地来去。

看到被随意扔在房间中央的东西，老翁和辉夜都倒吸了一口气。

那是辉夜的身体。是无数个辉夜，还有许多她的内脏。少女们眼神空洞，已经失去了意识，这是唯一值得欣慰的地方。眼前的场景如同一本酷刑目录。

"我们回收了理应能下载到辉夜精神体的'种子'，并成功让它们发芽了。形成种子的尘粒是一种可怕的道具，它们的动作精度比纳米技术更高。要想合成复杂的器官，稀有元素应该是不可或缺的，但就算在缺乏稀有元素的环境下进行实验，它们也能凭空获得所需物质。说不定它们能运送量子状态下的物质，虽然这只是一种假设，但似乎不是不可能。"

"辉夜是从竹子当中诞生的。"

"竹子的合成器官是不可能制造出这么复杂的构造物的，最多也就能生产些增量填充剂罢了。你也明白吧？"

辉夜没有理睬滔滔不绝说话的帝，着了魔似的望着实验室。

"真是下三烂的手段。"

"你会介意也能理解，但那不过是些空壳子罢了。本来收到你发送的信号，它们应该会自毁的，但我们伪造信号阻止了细胞凋亡。为此可浪费了不少材料呢。总而言之，你是独一无二的，辉夜。"

"辉夜是怎么下载精神体的？"老翁问，"我当时明明把她关进沙盒里了。"

"是量子态对，这种物质让即时通信成为可能。我在地球上从未见过能产生这种'对'的生物，但这种能力也不能无限使用。只有在带宽大幅下降时才会出此下策。如果我的猜测没错，或许她体内还残留着部分物质。真是有趣。"

"既然已经拥有了这么多我的身体，"辉夜的话充满了悲切，"不就没必要纠结于我本人了吗？"

"整体胜过部分的总和。你是一个整体，比所有那些残骸加起来都要有价值。"

"别管她们叫残骸！那是我的——"

"请你协助我们。你对我们而言是非常重要的存在。"

"你说错了吧？我应该是个威胁才对。"

"这要看你本来的任务是什么了，不过这个问题我们可以之后再聊。因为你很难称得上是'完全体'，所以无论原本的目的为何，你都不一定能实现它。"

因为辉夜之前被老翁关进沙盒，阻碍了她健全的成长——帝如是说。冰冷的记忆将老翁攫住了。"感觉精神体的下载不太顺利""只有在带宽大幅下降时才会出此下策"。

辉夜沉下了脸，但帝没有在意。

"他不配当你的监护人。"

"你以为这么一说，我就会屁颠屁颠地跟你走吗？"

"我只是陈述事实而已。他一直如此，没有恶意，只是会带来损失罢了。"

"你什么意思！"

"哎呀，看来你还不知道他的真实身份。我就勉为其难地告诉你好了，还是你想听他自己说？"

帝爽朗地笑起来。老翁还沉浸在回忆当中，本该已经抛诸脑后的黑暗涌入脑海，像老虎钳一样将他压碎。

"你说我爸爸做了什么？"

"他引发了一场大虐杀。"帝说，"大量人类因此迎来了真正的死亡。"

"你骗人。"

"——他说得没错。"

这句话无疑是从老翁口中伸出的白旗。

老翁曾经是一名军人。作为将军，他曾率领人类和机器人士兵活跃在许多国家和企业间的战争中。老翁受到朝廷的重用，最后被任命为征夷大将军。

某次，他受命前去镇压虾夷地区的叛乱。敌人是一群难民，他们在堪察加半岛战败后不得不侨居濑户内海的某个海岛，在岛上建立了据点。这些人宣布他们建立了一个新国家。

"真是些狂妄的家伙。"帝毫不掩饰他的愤怒，"是打算挑战朝廷吗？"

难民们出其不意的宣战让他们暂时获得了部分版图，但新国家无论是经济实力还是工业实力都远远不及朝廷，好不容易获得的地盘转眼间又失去了。因为之前频繁的掠夺，难民们也失去了舆论的支持，被逼上了绝路。

帝下令攻击以儆效尤，但近距离看到难民们的惨状后，老翁认为没有攻击的必要，他锲而不舍地进行游说，最终难民们投降了。

事情本应就此圆满结束的。

但难民们最终并没有屈服于朝廷。

在逐渐开始投降的难民当中，发现了好几个肩负自杀任务的间谍。他们的精神被自杀模因所污染，目的是在国内长年潜伏从而感染更多人。就连他们自己也不知道自己竟然是间谍。这些人的精神被编辑过，将仅剩空壳的人性作为自己的伪装，如同带毒的炸弹。

老翁感到愕然。难民们不可能拥有这样的技术。他试图将自己的想法告诉帝和世人，但在他不知道的地方，帝已经收集到了关于自杀式恐袭的不少证据。没能发现这些的老翁沦为无能之辈，下台后也失去了发言权。

帝认为留着这些风险并非上策，因而朝廷执行了强硬的政策——攻击难民，这让难民们打出了手中的底牌。他们散播疫病、反复进行自杀式袭击、相互进行极端的自我改造，仿佛变成了疯狂的战斗机器。这些人已经化身为魔鬼，绝望让他们变成了魔鬼。他们终于明白，那些让自己俯首称臣的人将永远身居高位。死亡已被根绝。超人类的高层有无数备份保护，在弱者们蹒跚着向前迈出一步时，他们已经轻易到了千里之外。

这就是一个游戏。明明他们赌上了自己的人生进行挑战，别说胜利了，就连翻盘的可能性都被完全击溃，只能等待结局的到来。

那这些人试图毁掉整个游戏不也是理所当然的吗？

终于，朝廷使出了最终手段——用核能烧灼受到污染的领域。这个岛从地图上消失了。难民们迎来了真正的死亡。

人们陷入了恐慌状态。在对岛屿进行烧灼后，他们依然害怕人群中潜伏着魔鬼，转而开始追究主张和解并放走了潜伏间谍的老翁的责任。尤其是帝。老翁意识到不对劲，于是他辞去军队中的职务，与战友们断绝联系，过上了隐居生活。

帝已经取消了虚拟环境。一阵凉风吹过暮色中的竹林。竹子们发出低沉而快意的声音，旋即又停止了。

"卑鄙小人。"

辉夜的话让老翁的心仿佛被剜去了一块。

但他想错了，辉夜质问的对象是帝。

"是你干的。你自导自演了恐怖袭击，并把责任都推给我爸爸。是这样的吧！"

"帝也是会犯错的，只有这样才能生存下去。另外，帝虽然极为强大，但也不是完美的存在，被拉下宝座也是有可能的。那些心怀不满的平民们虽然基本无害，但有时也会做出些了不得的事。所以，哪怕是极为微小的风险，我也必须击溃它们。"

"你这胆小鬼！"

"胆怯也是人性的一部分。你好像挺喜欢的，我很高兴。那么，请你现在就给出答复吧。"

辉夜无视了他，编辑自己的视野把帝塞进屏蔽列表里，然而这操作马上被帝解除了。但辉夜没有放弃。她没理睬啰里啰唆发消息的帝，而是抱紧了仿佛马上就要倒下的老翁，娇小的身躯用力支撑着他。

"爸爸你没有错。"

"不用管我。"

"我不想去那家伙那里。"

"我也没打算让他为所欲为。"

尽管这么说，现状却不容乐观。老翁将周围扫描了一遍，帝带来了数不清的无人机和驱动体,高空中还有隐形战舰正整装待发。竹子被骇入后,开始吐出微型机械。它们要想隐藏行踪逃过老翁的侦察再简单不过,只是故意让他发现罢了。

两人无法忤逆帝,也无法从他手中逃离。帝手眼通天。现在只有后人类才有能力击退他,但作为同伴,后人类又太过异常了。

万事休矣——

就在那时。

呜呜,呜呜呜呜呜呜呜呜呜呜——

低沉的声音响起,就像号角一般。是竹林在鸣响。竹子用辉夜教它们的方法吹响了自己。一开始只有一株,逐渐地,鸣响的竹子多了起来。参差不齐的重低音响彻山林,众人感觉自己的体内也在震荡。老翁和辉夜依偎在一起,帝也皱起眉头。

"气死人了!"

竹子咆哮道。

"烦人的家伙都来了!擅自闯入别人家里自说自话!差不多得了!比竹子小偷还气人!讨厌死了!"

充满竹子愤怒的信息充斥着所有频道,就连平时习惯屏蔽竹子消息的老翁和辉夜也目瞪口呆。为什么竹子会做这种事——但他们马上知道了答案。

"可恶!可恶的帝!既然你使坏,那我也对你使坏!我要把你赶出去!我要帮你,竹子小偷!"

平时老翁和辉夜都会将竹子的发言静音，哪怕听到了也不去识别具体内容。所以竹子这次采取了紧急手段，不惜让帝也听见。

帝的表情扭曲了一下，似乎觉得很有趣。

几人身旁的地面钻出好几十个竹笋，旋即开出了花。用竹纤维制成的叉形箭矢向帝直射而去，眨眼间帝便全身中弹被击飞了。

"不敬帝君。"

帝若无其事地说。不过是一具肉体被破坏而已，对他而言不痛不痒。

帝下了敕令。敕令的一部分化作费洛蒙，夺取了竹子召集来的虫型无人机的操作权；另一部分侵入竹子的控制系统，让它们自相残杀。竹子立即切除了感染部位，遗憾的是，它的防火墙已经千疮百孔。

"别发呆了！快跑，快跑啊！"

老翁和辉夜跑了起来。两个竹笋冒出地面，射出竹子即兴生成的小刀和弹簧枪，堪堪擦过两人，被他们一把抓住。

竹子往老翁的"赞岐造"里注入了能量。

两人冲进竹林，这里已经化为一片战场。微型机械互相蚕食；变异的竹子变成藤蔓试图绞杀正常竹子；脚下步兵们正在进发，试图包围老翁二人。老翁和辉夜跑过这片闪光和爆炸声此起彼伏的地狱，他们占据了地利：每日进山砍竹让他们对这片领域非常熟悉，再加上曾经是敌人的竹子正为了辉夜二人向帝宣战。

击落萤火虫系统，打碎假饵，用竹刀刺穿自动化步兵的指挥部，把车辆引入竹子准备的微丝网中……老翁和辉夜接二连三地将敌人打败。当然他们也不是毫发无伤，老翁的装甲承受了物理和理论两方面的打击，发出嘎吱嘎吱的声音，辉夜的呼吸也变得急促起来。她一直在用银镜膜抵御激光攻击，宛如穿着银质服装跳舞。

　　或许能就这么逃走也说不定呢？这样的期待逐渐开始变得真实——

　　老翁突然停下了脚步。他拦住辉夜，传感器里没有任何声响。战术引擎也对老翁的行动感到疑惑。但他的直觉是正确的。

　　两人后退躲开，几乎在同时，相干光[1]从天而降。

　　上空的战舰开始了炮击。辉夜立即展开银镜膜，挡住了如冰雹般砸下的相干光。老翁感到有些异样。帝明知道辉夜的能力，为什么偏偏选择了这种能被防住的攻击手段？

　　答案伴随着轰鸣向大地袭来。

　　炮击摧毁了部分竹子，露出一片空地。在空地中央，某样物体慢慢地站了起来。它通体银色，有着四只手臂，身上长满尖刺。那身躯巨大到需要仰视。

　　是"百舌鸟"，专为白刃战而生的战斗用义体。

1　相干光：两束满足相干条件的光称为相干光。相干条件包含两束光在相遇区域内振动方向相同，振动频率相同，相位相同或相位差保持恒定。——译者注

"希望你们能让我享受享受。"

它用帝的声音说。

老翁挡在辉夜身前,走了上去。形势非常不利,"百舌鸟"和"赞岐造"的性能一个天上一个地下,再加上老翁已经负伤。

他没有任何胜算。

已然如此,还有其他手段吗?要是让辉夜落到帝手里会怎么样?那个以人类自居,其实早已变成其他生物的帝会如何对待辉夜?

哪怕只能拖延时间也好。老翁下定了决心。

先动手的是老翁。他射出自己珍爱的微型导弹,一边散播假情报一边向帝靠近。第一波攻击发射了十六发导弹,其中有五发因为缺乏维护而哑火,剩下的也被帝和空中战舰轻易防住。有一发命中了帝的脸,但他纹丝不动。

帝挥动义体的手臂迎上向自己胸口扑来的老翁。

第一只手臂被老翁躲过了,第二只也被格挡,第三只击中装甲后滑脱。重重挥下的第四只切断了老翁的半只手臂,但这在他意料之中。甚至伤势比他想得更轻——

这时,他意识到第三只手臂的触感轻得出奇,第五只手臂正向他汇集了重要器官的腹部挥来。原来第三下不过是混淆他视野的假动作。老翁完全失算了。他在加速思考,却想不出该如何回避这能切断自己身体、夺走自己大部分战斗能力的一击。

攻击命中。

老翁和帝都停止了动作。一只柔软的手从老翁身旁伸出，接住了帝的义体手臂，是辉夜的手。她的手由超高密度骨骼构成，就连帝的高速振动刀也无法伤它分毫。

"你给我退下！"

"没事的！"辉夜把义体的手臂推了回去，并对帝挑衅地一笑，"你想得到我，所以不会对我出手，对吗？"

"不。"

帝焦躁地一甩手臂，老翁和辉夜便都被击飞出去。他忍不住的笑声中充满了恶意。

"失礼了。我本想控制力道，都是肾上腺素的错。"

这具完全机械化的战斗用躯体无血无泪，当然也不会分泌肾上腺素。帝被自己的笑话逗笑了，得意扬扬地接着说道："要让你们失去战斗能力很简单，但我还是希望你们能心甘情愿地投降。不然就显得我像是个坏人了，不是吗？这么不敬的行为还是不做为好。"

老翁和辉夜相互搀扶着站了起来。他们已经不能战斗了。

"你自己一个人逃走吧。"

"我不要。"

帝还是老样子在一边啰唆个不停。不管两人如何屏蔽，他的话就像垃圾邮件一样充斥着两人的频道。终于，其中一句话穿透屏蔽，插入两人之间。

"你们时间有限。"

就在这时，宛如被帝的话所劈中，辉夜浑身颤抖起来。

"辉夜？"

"我……想起来了。"

辉夜抬头望向天空。

"我需要去救人。"

"是被救吧？"帝嘲笑道，"希望现在还为时不晚。"

"不是的。在这之后，会发生一场巨大的灾难。我明明知道的。我应该知道的。"

老翁和帝也随之望向天空。

寂静得出奇的夜空慢慢变得明亮起来。

半轮明月在空中闪耀。而夜空却比明月更明、更亮。空中战舰有些慌乱地缓缓盘旋着。

有什么炫目的东西正从天上坠落而下。

这是伽马射线暴——宇宙中最强的现象之一。伽马射线暴的特征就在于光速袭来的破坏性。有人说："在你看到它时它已经击中了你的眼睛。"

"那是什么？"

"伽马射线暴。"

"我从未获得过这种情报。"

"我正是为了告诉大家这件事才——"

长得如同永恒的一秒钟过去了。老翁被其他两人留在原地。他那负伤的旧款躯体处理数据的速度远远跟不上帝和辉夜。

也因此，老翁只能眼睁睁地看着辉夜慢慢和自己拉开距离，她正试图把老翁推开。

"我能阻止它。"

辉夜伸出了手。一只手朝向老翁，另一只手朝向天空。

从她的体内漫出了银镜膜。

在减速的世界中，银镜膜的变化顺滑得一如往常。就算是伽马射线和电磁波也无法透过她的银镜膜运送能量。能挡住，辉夜心想。流泻的银带将老翁缠了起来。帝恼怒地飞扑过来，但辉夜反应更快。被一脚踢飞的帝慢慢远离两人，在这期间，银镜膜已经裹住了老翁。电磁波被屏蔽，充斥在他耳边的机械们的声音也被这层膜拒之门外。对于时时与四周的机械群保持着无线通信的超人类而言，这无异于堵住人的眼耳。

辉夜好像说了什么，但老翁听不见。很快，辉夜也意识到了这件事。

于是辉夜莫名微笑起来。就在这时，她的话语终于追上了老翁的意识。

"对不起。我必须离你远一点了，不然爸爸你会死的。"

"你会变成什么样？"

"一直以来谢谢你，爸爸。"辉夜对老翁微微一笑，看向天空。

"我必须走了。"

爬升的银镜膜终于完全包覆住了老翁的脸,他被禁锢在了黑暗当中。

直到被解除为止,老翁的喊叫声未曾停息。

地球遭遇了一场惨祸。各地相继发生海啸和地震,大气紊乱,掀起狂风暴雨。但伽马射线的影响十分轻微,大半能量都没有直接落在地球上。

为什么呢?

因为有月球的存在。

因为有辉夜的存在。

老翁不断向前爬行,身上沾满了灰尘和射线暴带来的降落物。他全身各处响着警报。银镜膜已经消失,在那致命的两秒钟过去后,世界上已经没有了辉夜。辉夜将本应用于自保的普朗克膜用在了老翁身上。

他立即找到了辉夜的残骸。辉夜的肉体被什么剜过,身体中央部分已经消失,残存的肉体也成了一具空壳,露出的器官已经无一不被烧毁停止运作。这副身体里也不再有精神寄宿。无论他在哪个频道呼唤,都得不到回答。

是因为通信系统崩溃了吧——老翁无法这么欺骗自己。

老翁匍匐在地,想起了自己还能够流泪的时光。要是什么也没发生，他恐怕会永远保持这副姿态吧。

但现实总是无情的。

老翁脚下的地面震动起来。

有什么东西探出了头——是竹子。虽然露出地表的部分已被烧毁，但藏在地下的本体平安无事。周围的地面也接二连三地长出竹笋，竹子眨眼间便擦过老翁的下巴，长到了约莫两米高后停下了。老翁惊讶得一屁股坐倒在地，竹子急躁地对他说："别发呆了！"

老翁心中的怒气膨胀起来又马上瘪了下去，辉夜已经不在，但竹子却好好地活了下来，还对同样苟活下来的自己恶语相加。真是愚蠢！他开始觉得一切都没有意义，一切都令人厌恶。长年以来不为诱惑所动的心，终于也蒙上了死亡的阴影。不管他如何捂住耳朵，都无法屏退绝望。

辉夜——

"在那里。"

老翁在意识的边缘，听到了竹子激动的声音。

"你在看哪儿？辉夜不是在那里吗？"

辉夜。老翁抬起了头。竹子正傲然俯视着他。

"虽然不在这里，但她不就在对面吗？对面有银色，银色就是辉夜那家伙。我也知道的。快去，别在这里发呆了，傻瓜。"

老翁仰望着天空。拔地而起的竹子尽头是闪耀的明月。在空中闪耀着的银色球体——那不可能是月球。老翁将视野镜头拉到最近，对照着自己的记忆辨认起来。尽管只有一点点，但月亮确实移动了。月亮被一层银色的膜所包裹。

月球发生了变化，变成了某种非自然的存在，在超人类无法想象的某种力量的作用下。

最后的瞬间，辉夜说了什么？辉夜仰望着的是什么？

"我必须去。"

老翁站起身来。去哪里才能见到辉夜，自己该做些什么，以及最重要的是——辉夜对自己而言是什么样的存在？

一切已经昭然若揭。

在那之后过了一会儿，老翁的身影出现在竹林边上。

他让竹子生成竹笋，大嚼起来。竹笋是炭做的，粉碎的炭沾满嘴边，既不好吃也不难吃。

这是决心的味道。

老翁丢掉竹笋，闭上眼睛。他点开增强视野中闪烁的几条消息。在伽马射线暴发生后，帝立即通知他，业已发射到太空的轨道构造体"富士"的上传序列已经准备好。

老翁再次看向天空。隔着三笠山可以看见"富士"的威容，对面还有歪歪扭扭的月亮。校正后放大看，月亮呈现出银球的模样。

月球表面覆盖着的膜与辉夜用来守护老翁的膜一样。月亮成了保卫地球免遭伽马射线暴毁灭的盾牌。

球壳内部是什么样的呢？现在观测不到。月球无视了惯性——无视了几近无限的质量，这也给地球带来了海啸和地壳变动等灾害，地球运动的轨道甚至歪了一点儿。铅球比赛中，假如选手在挥舞铅球时绳子断裂，选手也会趔趄几步对吧？现在地球和月球的关系就像选手和铅球一样。

月球为何失去了质量，又是为何瞬间移动到了现在这个位置？人们对此一无所知。

这是一种完全未知的技术，别说超人类了，就连后人类也还没掌握这种魔法般的技术。

如今，宇宙开发相关事业如同雨后春笋般出现。为了寻求异种智能技术的线索，每个人都冲向了月球。

老翁也是其中一人，他接受了帝的邀请。现在，他是少数拥有异种智能体线索的其中一人，辉夜可能就是这些智慧生物送到地球上的，还有人比他更适合这个位置吗？

老翁已经不再伐竹，所以他也不是伐竹翁了。现在，他只是一个为了夺回辉夜而踏上旅程的男人。

但关于他的结局，就是另一个故事了，不是吗？

毕竟这可是《竹取战记》。

老翁的战斗已经告一段落了。

故事完。

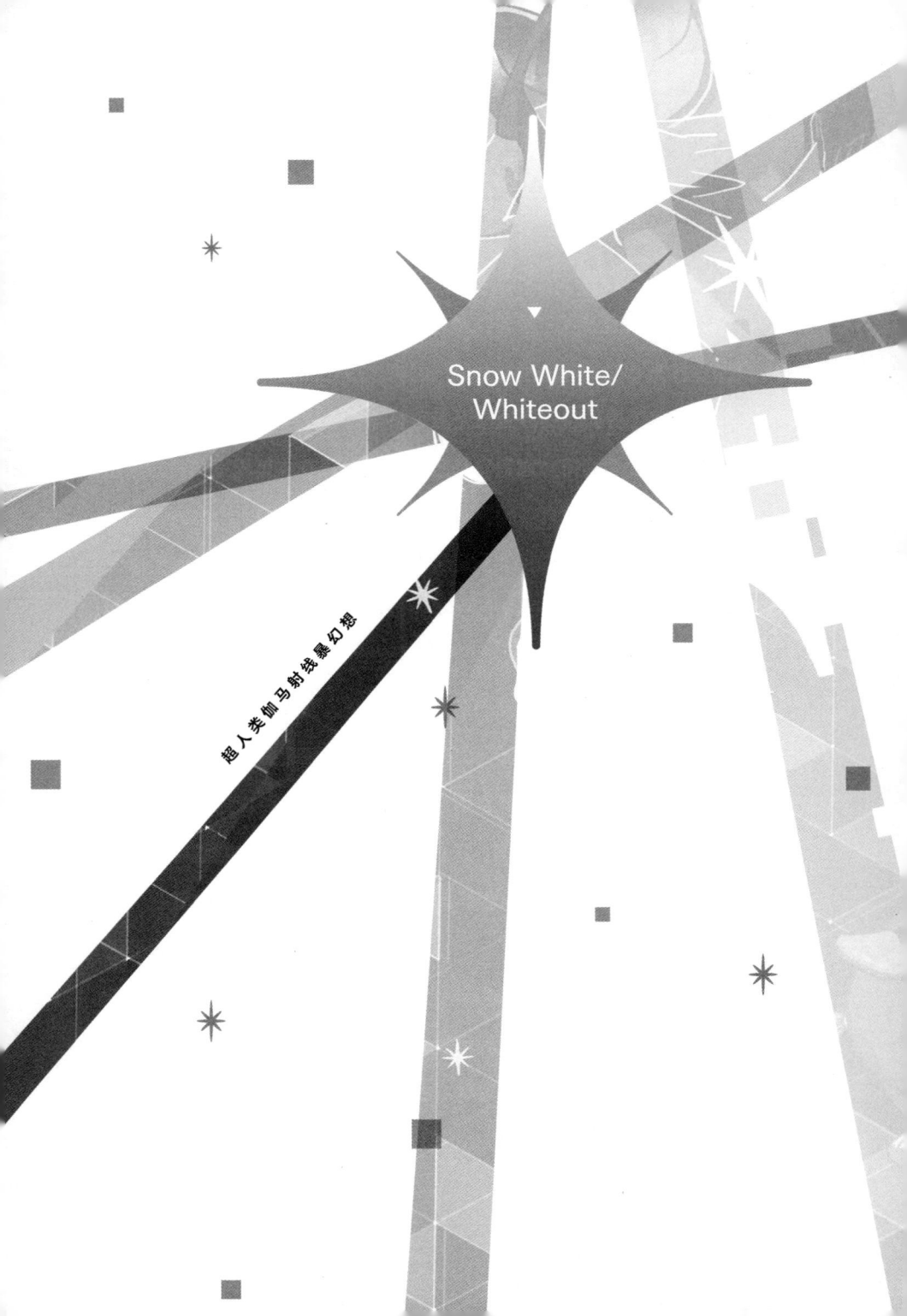

Snow White/
Whiteout

超人类伽马射线暴幻想

一道柔和的光照进昏暗的寝室。窗帘自动卷起，窗户自动打开，清爽的空气流泻进来。

房间里有一张带华盖的大床，中央是裹着被单、埋在靠垫中打盹的女王。被单战战兢兢地想逃跑，女王将它反剪双臂抓住，用无声命令让靠垫为自己按摩，没有想从梦中醒来的意思。

一面大镜子正俯视着睡梦中的女王。

这面镜子没有厚度，它在没有任何依靠的情况下悬浮在半空中，缓缓绕着大床移动。随着镜子无声的动作，空气被搅乱，灰尘被扬起——

"起床，女王殿下。"镜子说道。

"女王殿下。"

女王对发生的事一无所知，翻了个身，又突然像感觉到什么，理解和恐惧让她睁开双眼，惊讶地眨巴了几下，但已经迟了——

"早上好。"镜子说道。

女王皱起眉头注视着镜子。镜中的女王恼火地紧抿着嘴唇。这其实是化为镜子形状的智能屏幕。

女王坐起身子，早晨的阳光镀在她披散的茂密长发和鹅蛋脸上。被单和靠垫慢吞吞地爬出，床边是准备服侍她起床的家具和被摘除了脑叶的女仆。

女王满意地伸了个懒腰，看向在旁边待命的镜子。

"魔镜啊魔镜，世界上迎来最美好早晨的人是谁？"

"是您，女王殿下。"

的确如此，这毋庸置疑。

女王从早上便开始烤面包。美好的早晨当然少不了自己烤的热腾腾的面包。今天早上她想吃这个。

她把面团摔在桌上，揉面，令其发酵。

做好的面包质量是有保障的，毕竟这可是女王亲手做的面包。

但提前预知结果也是件无趣的事。

女王突然想开个玩笑。

"我说，魔镜啊。"

"怎么了，女王殿下？"

"今天我想烤面包。"

"悉听尊便。"

"那我不客气了。"

女王把将烤的面团放进烤箱，不知为何，又把烤箱放到了镜子后面。

下个瞬间，烤箱爆炸了。

作为盾牌的魔镜承受了大部分热量，这给它带来了不小的负担。镜子变得歪歪扭扭，因此部分冲击和热气向女王袭来。面包迅速膨胀，成为一棵大树向空中伸展而去。女王抓住面包表面，开始往上爬。她爬上大树，挖空树干来到对面俯瞰着自己的领土。这里的山、海、河流和天空都是女王的所有物。

"魔镜啊魔镜，这世上能吃到最美味食物的是谁？"

"是您，女王殿下。"

当然，这是一定的。女王对追来的魔镜报以微笑，随即咬了一口面包。

这时，在女王眼皮底下发生了一件不好的事。

放大一看，是虫子们正在果树园里作乱。

女王一蹬脚下的面包，飞向空中。她的连衣裙之间长出皮膜，变成了一套翼装。

女王来到果树园中央——她右手向侧面抬起，左脚向反方向伸出，右膝着地，像超级英雄一般帅气着陆后站起身来。

狂妄的毛虫和象鼻虫脸上浮现出猥琐的笑容，回望着女王。

女王皱起眉头，对着终于追上来的镜子询问道："魔镜啊魔镜，这世上最强大、最正确、最帅气的是谁？"

"是您，女王殿下。"

女王把手伸进镜子，镜面像水银般摇荡着，她拿出了一把细长的剑，横在自己面前，振奋精神。

"去死吧，虫豸们。"

女王转眼间分出几个分身，缩小身子并袭向虫子们。她化身而成的军队像云雾般将虫子一只不落地刺穿、驱逐了出去。

轻松击退虫子们的反击，告一段落后，女王解除分身，将剑刺向镜子。镜子吸收了剑，并递出一条毛巾。女王满意地舒了口气，用毛巾擦擦并不存在的汗水。

"啊——杀完了杀完了。"

"——这可不是杀，女王殿下。"

"嗯？"

"那些虫豸的命可不值得一个'杀'字。不过是些NPC[1]罢了。"

"怎么突然说这些？"

"活着的只有女王殿下您一人而已。"

女王望着镜子感慨不已，她这才发现自己已经很久没有被镜子夸奖过了。

"你今天可真会说话。"

"卑职将鞠躬尽瘁，做到令您满意。"

女王飞回了城堡，回城时已是夜晚。因为她现在想要夜晚。

1　NPC：non-player character的缩写，是游戏中一种角色类型，意思是非玩家角色，指的是电子游戏中不受真人玩家操纵的游戏角色，这个概念最早源于单机游戏，后来这个概念逐渐被应用到其他游戏领域中。——译者注

星光闪烁，月亮俯瞰着女王的世界。这里耸立着她的城堡，也就是"记忆宫殿"。女王来到正厅时，有无数居民鼓掌欢迎。他们的长相都和女王一模一样。不论男女、老少、美丑，所有人都是女王产下的孩子。女王从宴会上玩乐的"自己"之间穿过，和他们愉快地闲聊、游戏。只要她愿意，夜晚将永不终结。

"魔镜啊魔镜，这世上最美、最棒、最幸福的到底是谁？"

"是您，女王殿下。"

没有开始也没有终结，女王的世界里，不断重复着相同的每一天。在这个恒定的世界中，有什么落在了某个角落。

那是一片小小的雪花。

某日，正当女王打开窗户，享受着早晨的空气时，突然有什么落到她的脸颊上。

女王感受到了一阵凉意。

她皱起眉头，感到不快，动了动脸颊的肌肉想消除这种感觉，但并没有用。女王伸出手指，用指甲间伸出的微操肢小心翼翼地拿起那抹凉意。

那是一片六角形的雪花结晶。

让我们看看整个王国吧。所有造物的表面都有女王的面容。城堡墙壁上的投影、山上的浮雕……活招牌数也数不清。将小物件放大，会发现到处都是分子大小的女王肖像。这里是女王的国度。

但这片雪花却不是。没有女王印记的物质——这是超出她理解范围的存在。

雪花到处都是。女王带回其中一片，向镜子询问。

"魔镜啊魔镜，这是什么？"

"'这'指的是？"

女王皱起眉头，一拳打在镜子上。丝绸手套即刻硬化，化作拥有钻石硬度和钢铁韧性的超振动铁拳嵌入镜中。要不是因为女王的命令，魔镜马上就粉碎了，但女王甚至不允许它靠四散的碎片来化解冲击。

一点不落地承受了这一击的魔镜用带着噪音的声音回答："我不明白您说的是什么。"

女王从魔镜的视角看去，才知道为什么它会说出这种大不韪的话。就像它说的一样，它不明白。在魔镜看来，雪片并不存在于这世上。

女王将雪片放大了观察，又将它变成像素点的集合，以虚拟空间造物的样子来回翻看，但还是看不出这雪片来自哪里，是如何产生的。这是一个bug[1]。世界产生了bug。

她陷入了狂怒。这个世界是完美的，因此bug便是对女王的公开忤逆。女王唤出工程师，命令他们修复这个世界。要是修不好会被当

1　bug：程序错误或漏洞。——译者注

作叛徒处刑，要是修好了便会因bug而被问责，处以死刑。工程师们二话不说便开始工作。他们并不畏惧死亡，因为他们从一开始就没被配置恐惧的能力。

女王捏碎了手里的雪片。雪片消失得无影无踪，她暂时满意了。

但这不过是一切的开始。

工程师们的努力没有奏效，雪花开始出现在世界各地。打开窗户，便能看见它们飘然落下，将森林和山岭变得银装素裹，就连室内走廊和房间里也积了薄薄一层。"房间变得像糖罐内部一样"——接到这样的报告，女王再也抑制不住自己的怒气。

让她感到不安的是雪的"白"。与其说是白色，不如说是一片空白。那是在虚拟环境上的一个个像素孔洞。硬要说的话，看上去就是"空无一物"。因此，雪片上没有雕刻女王的肖像也好，无法控制也罢，都是理所当然的。

女王又制造出了更多工程师，但依然没有取得成果。

舞会会场上，臣民们愉快地谈笑着，而女王一个人思考着白雪的事。臣民们围在她身边，她却感到非常无聊。要做点什么来转换心情，还是和臣民们一起玩乐呢？或者是久违地来一场无绳蹦极——

这时，臣民们喧闹起来。

到底怎么了？女王用臣民的视角看去——她呆住了。

出现了一个像雪一般白的人形影子。

雪片聚集起来，组成了人的形状。人形的轮廓凌乱，有时还闪过马赛克，没有脸也没有纹理。它不能说话，动作也很笨拙，甚至不是三维生物。它像纸一样薄，只看轮廓的话，像个头戴皇冠、身穿连衣裙的公主。

臣民们围住突然出现的白雪公主开始搭话。其中一人——一个大腹便便的小丑走上前，在她面前跪下了。

白雪公主牵住小丑的手，两人跳起舞来。一开始舞蹈并不太顺利，小丑有时踩脚有时摔倒，倒也憨态可掬。跳着跳着，两人似乎领悟了诀窍，踏着滑稽的步伐，臣民们向他们致以热烈的掌声——

女王终于回过神来。

如雷的掌声中，女王连走路的时间都不愿多花，直接出现在白雪公主面前。臣民们本能地感到畏惧，向后退去，但白雪公主却不为所动，摇摇晃晃地移动着。她的脸是一个光滑的平面，不知有没有看到女王。

"你是谁？"女王的声音有些嘶哑。

对自己沙哑的嗓音感到难以置信的女王更大声地问道："你到底是谁？"

白雪公主没有回答。她没有嘴巴，只是疑惑地歪着脑袋，轻抚了一下女王的脸——

然后，她像雪花般粉碎、消散了。

众人陷入了沉默。女王将手放在被白雪公主抚过的脸颊上，和她一样歪着脑袋——

下一瞬，女王扯下自己脸颊上的肉，扔在了地上。

被破坏的部分顿时冒出肉芽，尊贵的面孔开始再生。女王用不耐烦的眼神环顾四周，臣民们便作鸟兽散，生怕触怒了她。

只有一个人还站在原地，没来得及逃跑。是方才和白雪公主跳舞的小丑。

"你，到这里来。没错，过来。"

女王不由分说地向小丑招手。这个世界上没有任何事物能忤逆女王。

女王右手的手套硬化，嵌入小丑的脖颈，轻易便将之切断。同时，她的左手伸向小丑的腹部，给了他致命一击。身体受到重创的小丑因痛苦而浑身痉挛。他像一块任人宰割的鱼肉，无力地倒在地上。女王扬起下巴，狠狠地践踏着他的头颅。

看着被折磨到体无完肤的小丑，女王将力量汇聚在拳头，下了火葬指令。她的手掌心产生了6000摄氏度的高温，将小丑瞬间化为灰烬。

女王转过身，拳头上附着青白色的火焰。现场一片死寂。

盛怒——这是女王久未体会到的感情。但伴随怒气而来的，是无与伦比的满足。

此刻，跳动的火焰舔舐着她的拳头。

但这份满足感并未持续多久。

在那之后，白雪公主开始在世界各地出现：教会、正厅、果树园和池塘。她还是那么雪白，只是轮廓日益鲜明，动作也越发优雅。她好像已经会说话了，但不是发出声音的"说"。她就像用色纸剪出的剪贴画，或是光下的剪影画一般，是从"无"中诞生的存在。

缺失、空白，这是白雪公主的特征，也是女王烦恼的源头。眨眨眼便能随心所欲操控一切的女王，不知为何却无法左右白雪公主。

自己无法支配的存在正在玷污自己的王国。这简直就像从苹果里吃出虫子一样恶心。

令她难以忍受的还有另一件事——王国中的臣民轻易便被白雪公主驯服了。

除了居住在"记忆宫殿"里的臣民外，王国里大半是NPC，不过是些低级的附属智能体罢了。他们没有自我意识也没有感情，只是些按部就班做动作的道具。但即便如此，女王也不愿看到白雪公主受到他们的欢迎。受到四处出现的雪花的影响，最近王国里各项服务的质量持续走低。不仅反应慢半拍，还经常需要维护，女王的怒气也水涨船高。

偏偏在这时候，女王瞄了一眼监控摄像头，看到了正愉快玩乐的白雪公主。无论是王国里的设备还是NPC都没有把白雪公主拒之门外。

女王将白雪公主的存在视为一个bug，动员了许多工程师却没能修复这个bug。雪花和白雪公主仍然存在。

一开始,女王试图驯化白雪公主。她用尽花言巧语拉拢对方,还赠送礼物、舞会邀请函甚至纡尊降贵亲自邀请,一切只为弄清白雪公主的真面目。

但女王的计划并不顺利。

逐渐地,女王开始采取威胁的态度。用阅兵、对与白雪公主有关系的NPC进行公开处刑等手段,展示自己的优越是女王擅长的招数。

但这些计划也落空了。

既然好言相劝和威胁都没用,剩下的就只有暴力手段了。

"杀了她。"女王向王国下令,"杀了白雪公主,并把她的头带来给我。"

但这些计划还是失败了。派到白雪公主那里的野兽、士兵和机器人都没能履行自己的使命。野兽智商低下的弱点被对方看破,轻易便被驯服,士兵们因兵营积雪而无法出动,机器人则出了故障。

女王陷入了狂怒,将任务失败的部下们一把火都烧了。

"没人能收拾得了那个女的吗?"

她恨恨地甩出一句话。这时,魔镜浮现在女王身旁。镜中的生物或非生物正燃烧、跃动着。

"不如派出特别的刺客,您意下如何?"

魔镜如是说。

"刺客?"

"就是猎人,我来担任猎人。"

"你不是看不见她吗?"

"这样就看得见了。"

镜面上泛起波纹,出现了几只手脚。肢体上长着无数的刺,是杀人的利器。本应是头部的地方长着一个布满血丝的眼球,和女王的脸一样大。

"我去杀了她。"

魔镜猎人的声音如同金属般尖利,它的眼中充满了憎恨和愤怒。

"我去杀了她,先折磨之后再杀。我要让那个女人品尝永无止境的痛苦,这是她应得的。"

一瞬间,女王还以为这句话是冲着自己来的。当然这不可能。女王是这个世界的支配者,她的财产一旦产生背叛的念头,便会自我毁灭。理应如此。

但……

"交……交给你了,去杀死白雪公主。"带着些许犹豫,女王又改口。这不是"杀"。配得上"杀"这个词的活人,在王国里只有一个,那绝不是白雪公主这等存在。

没错,活着的只有我——

"去破坏白雪公主。"

"我去杀了她。"

魔镜飞奔而出。

为了监视，女王夺取了它的视觉。她思考片刻，将手指放在自杀指令的按钮上。魔镜是不可能背叛的，只是以防万一而已。

猎人在森林里找到了白雪公主。

虽然是白天，针叶林里依然昏暗。荒芜冷清的大地上，雪正以极快的速度积起。森林中有一片小小的空地，白雪公主正在这里跳舞。

还有这种地方？女王有些诧异。她的王国不需要这种已经死去的场所。没错，来一场彻底的重建吧。女王一边观望，一边在心里的备忘录中记下"王国重建"这一条。

魔镜猎人俯视着白雪公主。画面上映出了一个高大的水银杀人魔，以及一个小女孩的剪影。

"杀了她。"女王悄声说，"不对，破坏她，快点破坏她。"

魔镜猎人说了些什么。但只传来一阵噪音，什么也听不清。女王焦躁起来，试图夺取镜子的控制权，但失败了。

猎人甚至没有碰白雪公主一根手指头。它只是像木偶般呆立着，这时，白雪公主突然崩坏了。背景中只剩下一片空白，像从来没有存在过。魔镜的话终于传到了女王耳中。

"杀了她，杀了她，我要杀了那个女人……"

猎人不断重复着这句话。女王感到恐怖，但又马上打消了这个念头。

行吧，她想。如果惩罚白雪公主是魔镜的愿望，那就让它尽情去做吧。

魔镜回来了。女王屈尊亲自前往迎接。

它已经不是猎人的形态，而是变回了原来扁平的样子。这样的魔镜不足为惧。女王居高临下地说："魔镜啊魔镜，这个世界……不对，你的支配者是谁？"

然而，魔镜没有回答。

"魔镜？"

"是——"

"什么？听不见！说清楚点儿！"

魔镜的反应有一瞬间的延迟。很细微，但的确是延迟。

延迟？不对，这是空白。和雪花一样，这是镜子的声音中存在的空洞。

女王一把抓住魔镜，巨大的镜子发出嘎吱嘎吱的声音。镜中倒映的当然是女王——不对。她的轮廓闪烁着，像素溶化，溢出的纹理哗啦啦流下。

出现的是雪一样纯白的少女模样。

女王咆哮着将手臂伸进了镜子。白雪公主轻易便避开她的钩爪，向魔镜深处逃去。女王也立即追了上去，甚至为自己增加了更多的行走足、翅膀和传送门。

然而，不知为何她还是追不上白雪公主。

"工程师！"女王发出了尖叫，"赶紧把这个假货收拾掉！"

应女王的要求，工程师凭空滚了出来，他看上去像一具腐烂的尸体，十分危险。工程师的衬衫上满是污渍，难掩疲态，膨胀的身体一跳一跳地搏动着。工程师终于开口——从他口中吐出的并不是话语，而是纯白的雪。从他的嘴巴、鼻子、耳朵、裤脚，甚至眼球里源源不断地涌出雪花，将眼镜都冲掉了。工程师的身体慢慢瘪下去，最后完全消失，只留下一副眼镜。

女王啧了一声，将工程师的眼镜一脚踩碎。

女王追赶着白雪公主。

她爬上城楼，从一座塔跳到另一座塔，在城墙上奔跑。墙壁上长出了炮塔，子弹、相干光束和植入了蛊毒的箭如雨点般落下，但都被白雪公主躲过了。就在女王眼前，一座炮塔吱呀着停止了动作。是雪。积雪的重量压弯了炮架，雪花的微粒渗入大炮的缝隙引发了故障。

女王的怒火化为她两手间的棱镜，高热将雪融化。但这一招只在女王周围奏效。纷纷扬扬的雪片越积越多，就像在嘲笑狂怒着四处发射红外线的女王。

看向这片粉雪[1]形成的雪原，白雪公主正快乐地起舞。

女王已经停不下来，却也没有余力去选择手段。哪怕半个王国被烧成荒原，她也在所不惜。她要让白雪公主从这个世界上永远消失。

---

1 指粉末状态的雪，这种雪含水量极少，松软干燥，捧在手里就像松软的面粉。

女王生成了几兆人组成的军队。机械士兵、狂战士、能射出疾风暴雨般相干光长枪的空中战舰、自我改良性生物兵器群，核武器当然也包含在内。女王自己也幻化出其他分身，身穿战斗用长裙奏响了胜利的凯歌。

无穷无尽的兵器将王国化为了一片焦土。当然，要想让焦土再生很简单，但女王不愿多费心力。被削去的山峰、蒸发的海洋、遍布灰烬和残渣的荒原——这一切都被飘落的雪染成了白色。白雪公主也分身为好几个，战场一下子又扩大了。面对杀死一个便会冒出三十个的敌人，该怎么办？答案很简单，把他们找出来并斩尽杀绝。

NPC们四下逃亡，臣民们祈求女王停下，但女王没有理会。有什么值得顾虑的呢？一切结束后，这些人要多少有多少。

漫长的战斗持续着，终于，女王成功将最后一个白雪公主逼到了绝境。核武器凿出了深深的环形山，但马上被雪花所覆盖。白雪吸收了声音，在这片寂静的战场上，女王超音速移动的身体一头撞上了白雪公主。两人在空中缠斗，旋转着冲进玻璃堆，在地面上留下又一个大坑。坑洞中央，女王用手掐着白雪公主的脖子将她按住了。

"你是什么东西？你到底是什么东西？！"

女王尖叫道。白雪公主的皮肤带着一种奇妙的滑腻感，让她厌恶。她足以折断大树的握力没用，作为管理者发出的控制命令也没用。

白雪公主没有露出无畏的笑容，因为她没有脸。

白雪公主没有嘲笑她，因为她没有声音。

白雪公主没有反抗，她只是摇晃着试图逃走。

即便如此，女王却看见了她的表情，听见了她的声音，感受到了她反抗的意志。

抹杀。

女王的意志化为她的棱镜手套，熊熊燃烧起来。产生的热浪将她自己的脸颊也烤得灼热。被足以匹敌恒星表面温度的高温烧灼，就连白雪公主也痛苦地扭动起来。有了信心的女王加大手上的力道，将白雪公主死死按在地面上。

终于，白雪公主的脖子被烧断，滚落到一旁。

"啊哈哈哈哈哈哈哈哈哈哈哈！"

一声震耳欲聋的大笑。尖利的笑声充满了恶意，将女王的气势压灭不少。白雪公主趁机分解成一堆像素。如字面意义，女王失去了"把柄"，从她手中逃出的像素迅速飞进了突然出现的镜子当中——像是就等着这一刻。这面镜子和女王身边的魔镜长得一样。

女王呆呆地望着眼前的场景，为最后一刻放跑了白雪公主而感到懊悔不堪。但镜子并未消失，反而静静地来到她面前，像在邀请她进去。

"你背叛了我。"

镜子不再回答，女王也并不期待答案。

女王站起身来，灰尘和雪片从她的战斗服上滚落。周围一片惨状,已经不知道这里原来是草原还是河流。眼前满是灰烬和落下的残渣,没有其他动静。当然,这一切都是女王做出的兵器造成的,令人心痛。女王狠狠一脚踩在雪上,在这个封冻的世界中心独自展示自己的决心。

但——在她心中突然浮现出一个疑问。刚才的笑声到底是什么?白雪公主什么时候能发出声音了?

如果说——那不是白雪公主的话,又会是谁呢?

是她自己。

女王浑身战栗。一定是因为太冷了。没必要再浪费时间。女王重振精神,跳进镜子,追着白雪公主而去。

穿过镜子,她来到了一片针叶林。女王呆立在原地,这不是魔镜猎人和白雪公主相遇的地方吗?

镜子已经消失,现在她想回也回不去了。女王不再呼唤魔镜,毕竟魔镜已经失去了她的信任。她解除战斗服,换上了寒冷地区穿的大衣,漫无目的地在森林里徘徊。

突然,她来到了一片开阔地。

只有这里没有积雪,是裸露的地面。土地上放着一个大大的玻璃盒,有什么东西蜷伏在一旁。那是一群身高三十厘米左右的矮人。他们身穿的鲜艳布衣已经破烂褪色,头戴三角形的尖帽子,有的在篝火旁,有的靠着玻璃盒,每个人都背对着女王。

女王走进了这片空地。

这个动作像是打开了某个开关，矮人们动了起来。

"呜啊啊啊啊啊嘎哇嘎哇！"一个粉色矮人大叫着，扑向身旁的黄色矮人，抱着对方的腰不停摇晃，一边流口水一边发出口齿不清的声音。而黄色矮人一口咬住了粉色矮人的鼻子。

"饭、饭，给我饭啊啊啊啊！"

黄色矮人一边含糊地说，一边死命咬着他的鼻子，几乎要把它咬碎了。

女王后退几步，脚边又撞到了什么东西。是一个满身煤灰的金色矮人。金色矮人抓着女王的脚，用布满血丝的眼睛望着她。

"喂，这件衣服，给我。还有你的牙齿，这是我的吧？这其实是我的对吧！"

女王下意识地把金色矮人踢开，矮人在空中划出一道抛物线，飞到了另一个矮人身上。这个矮人是蓝色的，尽管被狠狠撞了一下，他却趴在地面一动不动，似乎已经不在意自己的死活了。

金色矮人没有气馁，再次向女王走去。中途，他突然看向地面，脱下帽子开始专心致志地将土塞进帽子里。泥土都漫出来了，帽子底下也漏了，但金色矮人毫不在意。

"什……怎么回事，这群家伙……"

女王莫名感到恐惧。她是世界的支配者，一直生活在纯洁、正确、美丽的世界里。这种毫不掩饰的丑陋已经许久没见过了。而且她也不记得自己创造过这样的东西，这是既异常又未知的存在。

"这种东西我不知道，我不知道——"

"喂喂喂不是吧？你可真狠心啊，女、王、殿下？"

从女王身后传来说话的声音。

站在她身后的是一个红色矮人和一个绿色矮人，两人都与其他矮人不相上下的丑陋。

绿色矮人两眼翻白，望着别处，嘴里嘟嘟囔囔地说着胡话。

红色矮人则正相反，脸色通红，太阳穴上血管暴突的他紧紧盯着女王。他的话都是从咬紧的牙关间挤出来的，肩膀上肌肉隆起。

"你们是什么人……什么东西？"

"我是'愤怒'。"红色矮人说。

"绿色是'嫉妒'。来，打个招呼。"

"愤怒"催促"嫉妒"，像带着什么不满，他抡起拳头砸向对方的后背。嘎吱——伴着可怕的声音，"嫉妒"倒下了，但他嘴里还在嘀咕着胡话，脸上偶尔抽动一下。

"愤怒"耸耸肩。

"我把剩下的人也给你介绍一下吧。在棺材边上堆土的是'贪欲'，睡觉的是'怠惰'，在发情的是'色欲'，胡吃海喝的是'暴食'。森林里的六人，我们愉快的小伙伴全员集合了。嗯？怎么了，很有趣吧？很有趣啊……笑啊，给我笑！"

"棺材……"

女王已经麻痹的思维只捕捉到了这个词语。

"你刚才说，棺材？那是棺材？"

"别让我说好几遍，你这蠢货。"

"那是谁的棺材？"

恐惧从女王的喉咙深处涌上来。

"喂，告诉我。那到底是谁的棺材？谁死了？"

"你自己去看吧。"

女王脚步虚浮地向棺材走去。棺材的盖子已经被掀开，能一眼看见里面。没给她考虑的时间，女王的眼神已经被棺材里躺着的人吸引了。

那是谁呢？是白雪公主。

女王猛地向后退。白雪公主没有理睬她，悠悠地坐起来，跨出棺材，抱起了在地上痉挛的"嫉妒"。白雪公主将"嫉妒"放在膝头像哄小孩一样摇晃，温柔抚摸着他翻白的眼周。白雪公主没有声音，也没有五官，周身却透露出一种难以言说的慈爱之情。

女王怒吼着想要启动战斗服。

"住手吧。"

"愤怒"说道。简单的一句话便让女王泄了气。"愤怒"用饶有兴趣的眼神看着她，就像在看被吊在绞刑台上脸色发紫的死刑犯。

"这次你可挑错对手了。你自己应该也多少能感觉到吧？没法子像以前那样顺利喽。"

以前。"

"你说什么以前？"

"哎呀呀，你真的忘了吗？"

"愤怒"扬起下巴示意了一下篝火。

"那就告诉你吧，你之前的所作所为。"

女王吞了口口水。不知不觉间，其他的矮人，就连白雪公主也围坐起来，等待着两人的加入。

开始下雪了。女王在篝火旁坐下，揣起袖子暖手。看到这一幕，"愤怒"扯了扯嘴角。

"好好好，你们都坐下了？尿也尿完了？接下来是快乐的、快乐的聊天时间。很久很久以前，在某个地方，有一个女人——"

女人是一个普通人。原本满怀梦想的她在现实中屡遭挫折，看清了世界，对自己的孤独充满了不平。

孤独会摧毁一个人，贫困的人只会越来越贫困。她因为自尊心而没有选择去死，但又无法改变自己，被煎熬得漆黑的心灵走投无路，陷入毁灭也只是时间问题。

就在那时，女人听说了"公共乐园服务"。

在那之前，她也体验过虚拟现实功能。在现实的基础上加入部分信息所营造出来的增强现实，对超人类而言就如同空气般熟悉。只要稍微加强一下感觉输入，沉浸在虚拟现实中也易如反掌。无论是作为娱乐、工作的工具还是新型生活空间，虚拟现实对他们来说都是重要的存在。

而公共乐园服务可以说将活用虚拟现实上升到了一个新的高度。它会将人的愿望投影到虚拟环境中，让那个人一辈子都沉浸在梦里。

超人类经济已经创造出了太多的财富，这点儿成本完全在可承受范围之内，甚至可以说是白给。另外，公共乐园服务也具有社会福利意义。对那些不够资质为社会发展作出贡献的人，与其在现实世界给予他们最低限度的文化、生活环境，不如让他们沉浸在虚拟现实当中，更加实惠又高效。

女人欣然接受了该服务。

她戴上能扫描大脑皮层活动的头盔，躺进玻璃制成的生命维持装置，陷入沉睡当中。她的肉体将被保存，如果想回到现实世界，也可以立即返回。在梦中，既可以和其他人一起建立社群，也可以一个人自由创造自己的世界。

女人选择了后者。

"那个女人就是我吧。"女王说。

"就——是我吧？""愤怒"用高亢的声音模仿着她的话。破裂的毛细血管让他的鼻子涨得通红，他一边像斗牛般低吼着，一边喘着粗气。

女王"啧"了一声。

"这就完了？你想说这里就是那座乐园？这种事我早就知道了，真是无聊的故事。"

"你说这是无聊的故事？噢，但那家伙好像不这么认为。"

"愤怒"越过女王的肩膀向后看去。是魔镜。那是女王平日里一直带在身边的、大大的无框镜。镜子静静向前移动，加入了围坐的行列。

"你问魔镜的意见有什么用？"

"你能闭上嘴吗？"

女人成了女王，开始组建自己的王国。

她不需要从零开始。这里有模板，有随时待命的工程师，还有无限的时间。女王一个人随心所欲地开始了这项工程。设定地形、设置建筑，调节生态和气候系统虽然有点棘手，但也很有趣……女王不断完善着自己的王国。

在这期间，她感觉自己缺了点什么。一个人太寂寞了，她开始想要伙伴，想要有人爱自己。

这确实有些任性，但女王当初之所以舍弃了现实，正是因为她被现实所抛弃。越缺什么就越想要什么，这是理所当然的。而且，现在的女王也已经有能力满足自己的欲望。

女王裁剪自己的精神，让它们生根发芽，制作出了奴隶精神体。这些奴隶有各种各样的用途。她想要被爱、被崇拜，也想受到略微的憎恨。她想要有人顶撞自己，之后他们被轻易击垮，狼狈不堪、凄惨无比地祈求她饶恕自己的性命，以此满足女王想要得到认同的欲望。她还想要一些人让她憎恨、让她轻视。她想要、想要、想要——

这很简单。很快，王国变得熙熙攘攘。

"那些人就是你们？"女王发出了尖厉的高喊，"这些丑陋的矮人是我的一部分？那不可能。再怎么说，我也不可能制造出像你们这样惨不忍睹的玩意儿。真是恶心。还有，白雪公主又是怎么回事？"

"真烦人，果然跟你说了也是白说！"

气焰被浇灭的女王陷入了沉默。"愤怒"用暴凸的眼睛盯着她，接着说了下去。

在女王创造出的奴隶精神体当中，有一些特别的存在，它们获得了女王的一部分特质。但这绝不是什么好事。这些存在便是七个小矮人，而矮人们获得的都是女王的恶。

"愤怒""色欲""暴食""怠惰""嫉妒""贪欲""傲慢"。

矮人们出生后便被流放到了森林中。女王有时也会大驾光临，把他们为了生存而痛苦挣扎的样子当笑话看。女王通过这种方式确认自己的纯洁，确认自己与这些恶习无缘，以获得心理安慰。

当然，矮人们对女王恨之入骨。有一天，其中一个矮人决定反抗。

那就是"傲慢"。

自己才更配得上女王的身份——"傲慢"如是想。

"傲慢"组织其他矮人，为了获取反攻的武器潜入了"记忆宫殿"。他们轻易便成功了，因为女王正沉浸在没有烦恼和压力的幸福生活中。在潜意识里保卫着女王的免疫能力等早已被她丢在一旁。

矮人们钻过漏洞百出的安全系统，终于找到了目标。那是一个与外部相连的接点，是公共乐园服务为了联络用户准备的消息盒子。女王将与外部世界有关的事物从自己的意识中驱逐时，这个消息盒子也被塞到了"宫殿"地下深处，逐渐朽烂。

消息盒子里放着矮人们想要的东西。

矮人们将女王叫到了森林中，在女王慢悠悠地来到后，他们将一段影像摆到了她面前。是消息盒子里某封邮件的附件，标题为《关于服务调整及肉体处分的通知》。

影像中，躺在生命维持设备里的女王身体被分成好几次切开。首先是四肢，其次是消化器官，除了大脑以外的脏器，最后是大脑。先从与维持生命无关的部位开始，最后到已经不再是精神容器的肉块，她的肉体被一一切分以节约维护成本。

手术全程由机器人进行，过程非常草率，甚至没有用麻醉。不过也没有必要用麻醉，反正女王本人已经不在那里了。

看到自己的身体被切分丢弃的细节，女王动摇了。为了将女王的力量据为己有，矮人们趁她露出破绽之际向她发起了袭击。本来矮人就是从女王体内诞生的存在，要想夺取身体的控制权再简单不过。

抢先挖出女王鲜红带血的心脏的是"傲慢"。他推开其他矮人，将心脏一口吞下。这颗像苹果般鲜红的心脏也代表了女王作为系统管理员的权限。

"要是故事在这里结束就好了。""愤怒"说道。

"真是混蛋。要是故事在这里结束就可喜可贺了。嗯？难道不是吗？我说得对吧？但却演变成这副模样。你说点什么啊，别在这里装死你这个混蛋！"

"愤怒"的铁拳嵌进了"怠惰"的太阳穴。"怠惰"一言不发地倒下了，他的侧脸上落了一层薄薄的积雪。女王浑身颤抖。这片空地也开始被雪花侵蚀了。

"后来怎么样了？"面无血色的女王问道。

"那还用说吗？傻瓜。""愤怒"说道，"他背叛了我们。"

"谁？"

"'傲慢'。"

没错。吃掉了女王的心脏，获得了一切的"傲慢"没有把力量分给自己的同胞，他宣布自己才是真正的女王。成为女王的"傲慢"再次将其他矮人流放后，编辑了自己的记忆，舍弃了自己的过去。他可不会像之前的女王那样愚笨。"傲慢"天上地下唯我独尊，认为完美无瑕的自己才是真正适合当女王的人。

女王"傲慢"取得了胜利，君临了属于自己的王国。

"那就是……我。"

"那就是你。"

女王记起了"傲慢",记起了自己从本体被切割出去的事、谋反的事、背叛同伴的事。女王"傲慢"已经无法将目光从玻璃棺材上移开。

"你搞错了,傻瓜。""愤怒"说,"那不过是个道具罢了。但做这个道具还真有点用,瞧你吓成那样。"

"那白雪公主又是什么?是原先的女王干的好事吗?她应该已经死透了吧?还是你们操控的?回答我!"

"没一个猜对的。明明脑子不好还做出一副机灵的样子,真是笑死人了。"

"回答我!"

"你直接问那家伙吧。"

"愤怒"指了指魔镜。

"喂,魔镜啊魔镜,镜子里一般会照出来什么?回答吧,这位脑袋空空的女王殿下想知道。你可要说得简单点儿,让再笨的人也能听懂。"

镜子在空中滑行,最后停在了女王"傲慢"面前。女王"傲慢"向后退去,但"愤怒"迅速绕到她身后,按住了她的肩膀。

"来啊,看吧。这就是答案。你看见了什么?镜子里映出了什么？嗯？"

镜子里映出了一个人。她没有灵魂，心灵被绝望腐蚀，日日夜夜看着自己被夺走的一切。

"魔镜啊魔镜，这世上迎来最美好早晨的是谁？"

"魔镜啊魔镜，这世上能吃到最美味食物的是谁？"

"魔镜啊魔镜，这世上最强大、最正确、最帅气的是谁？"

"魔镜啊魔镜，这世上最美、最棒、最幸福的到底是谁？"

"傲慢"不仅从女王手里夺走了一切，还对她施以残酷的刑罚。他没有抹去女王的意识，而是将其封印在了镜子里，让她每天赞扬自己。

"真不错，嗯？这就是你。是你舍弃了你，你夺取了你。现在懂了吧，你这混蛋！"

"愤怒"的嘴像机关枪一样吐出无数咒骂，但他的骂声也没能掩盖女王"傲慢"的悲鸣。她像要叫破喉咙般不断尖叫着，终于耗尽了声音和气力，瘫倒在地。雪花温柔地接住了她。雪花没有温度、触感和生产批号，不过是些像素空洞。

白雪公主站起身，将女王扶了起来。女王"傲慢"已经浑身瘫软，白雪公主扶着她，温柔地抚摸着她的手臂和后背。女王试图从白雪公主空无一物的脸上读出某种情绪，但失败了。

"那、那这家伙又是什么东西？"

女王用嘶哑的声音说。

"如果这不是魔镜的伎俩，那又是谁？是你们吧？为了向我这个叛徒复仇，专门做了这玩意儿对吧？你们想毁灭这个世界。"

"答对了。""愤怒"吐出一口唾沫，"虽然只对了一半。"

"一半……"

"让她看看吧，'嫉妒'。"

一直在痉挛的绿色矮人蓦地爬起来，翻白的双眼回到了原来的位置，转眼间便恢复正常。"嫉妒"满脸难掩的笑意。

"嘻嘻嘻嘻，大家都不行了，大家都不行了。"

"'嫉妒'一直在监视着外面的世界。"

"愤怒"用憎恶的眼神望着他。

"在被流放后也是如此。因为各种缘故，他一直无法忘怀那些不愿接纳我们的人。一直想着要报复外部的家伙们。真是可笑又浅薄。嗯？明明是我们自己舍弃了那个无聊的世界吧？简直是傻瓜。无可救药的傻瓜。"

"嫉妒"眼睛里的光更亮了，从他绿色的眼睛里发射出了光线，在纯白的雪地里投射出影像。

"看吧，这就是白雪公主的真面目。"

眼前出现了一片普普通通的夜空。没有云朵，没有月亮，没有星星，是从一个灯火通明的都市抬头望见的夜空。然而，夜空突然变得明亮起来，整片天空都在发光，比太阳还要亮。大气摇荡着，强风刮倒了摄像头——

那是伽马射线暴。

这时，画面切换到了另一个摄像头的视角。画面中是一片无边无际的废墟，空中不断有灰烬飘落。

女王不住地颤抖，却无法把目光移开。真不可思议，这看起来跟女王将自己的王国破坏后的样子几无差别。

"怎么……会有这种事……"

"还好你没有马上死掉，我们才能玩到这么好玩儿的游戏。"

"这不可能。我应该有好几份备份，有长年质保的！"

"哎呀呀，你该不会是误会了什么吧？"

"愤怒"冷笑起来。

"你说的'长年质保'是什么玩意儿？是永远藏在地壳底下，藏在安全的地方吗？蠢货。你以为他们会给你用那么高级的东西？你的肉体管理工作早就被层层外包，现在不知是哪里的垃圾回收员在负责吧。"

"怎么会？这跟合同上写的不一样！"

"啊？那早在收到合同修改的通知时你就该投诉啊。总之，为了降低成本，你早被转手到各个地方，现在正靠超低速计算机在运作。肯定是在垃圾场参加了回收大甩卖，然后有某个甩着口水的蠢货想搞点副业，就把你买下了。你就是这么在不同人手中流转。伽马射线暴发不发生都没区别。"

"愤怒"恨恨地说。

"怎么会……"

"总之，我们现在正在逐渐消失。"

白雪公主抱紧了女王"傲慢"。她的脸是一片纯白的空白，是虚拟现实的纹理剥落后的颜色。森林已经开始消失，一切都被封冻的白雪所吞噬，空地完全消失，棺材、镜子和矮人们也失去了踪影，现在这个纯白的世界里存在着的只有女王、"愤怒"和白雪公主。

"真是令人敬佩。这么廉价的虚拟环境，直到最后还在照顾用户的感受哦？那些被破坏的东西，它也会从某处进行重组，选择最高效的处理方式重新配置资源，尽可能努力活下去。而白雪公主就是这个虚拟环境的化身。"

白雪公主鞠了一躬。

"让你暴怒破坏王国也是这家伙想出的方法。要是因为系统故障而导致各种东西消失，会给用户带来困扰对吧？所以它让你自己破坏了这一切，这就是断舍离。"

"愤怒"摘下帽子狠狠踩踏。他一边一次又一次地踩躏着脚下的帽子，一边向女王露出血腥的笑容。

"不过你真是让我开心了一把。你也过得挺幸福的吧？舍弃了我们的外部世界已经毁灭，就连这个从我们手里夺去的世界也被你像垃圾一样舍弃，最后，背叛了我们的你即将消失。我也可以不用再生气了，一切都会被收拾干净。这不是个happy ending（幸福的结局）

吗？对吧？我说得没错吧？快说啊，说我是对的！"

白雪公主用手捧住了女王"傲慢"的脸。那张平滑无物的脸上出现了鲜红的嘴唇。像苹果一样鲜红水润的唇瓣弯起，呈现出微笑的形状。

就这样，白雪公主抱紧女王"傲慢"，深深地吻住了她。鲜红的嘴唇贴着女王发青的嘴唇，撬开她的嘴，温柔地深入到她体内深处、再深处。

女王"傲慢"什么也没感觉到。虚拟现实失去了温度，计算处理也已经停止，她已经没有感觉了。她眼中映出的只有纯白的，纯白的雪。

雪。

无。

完全消灭。

故事完。

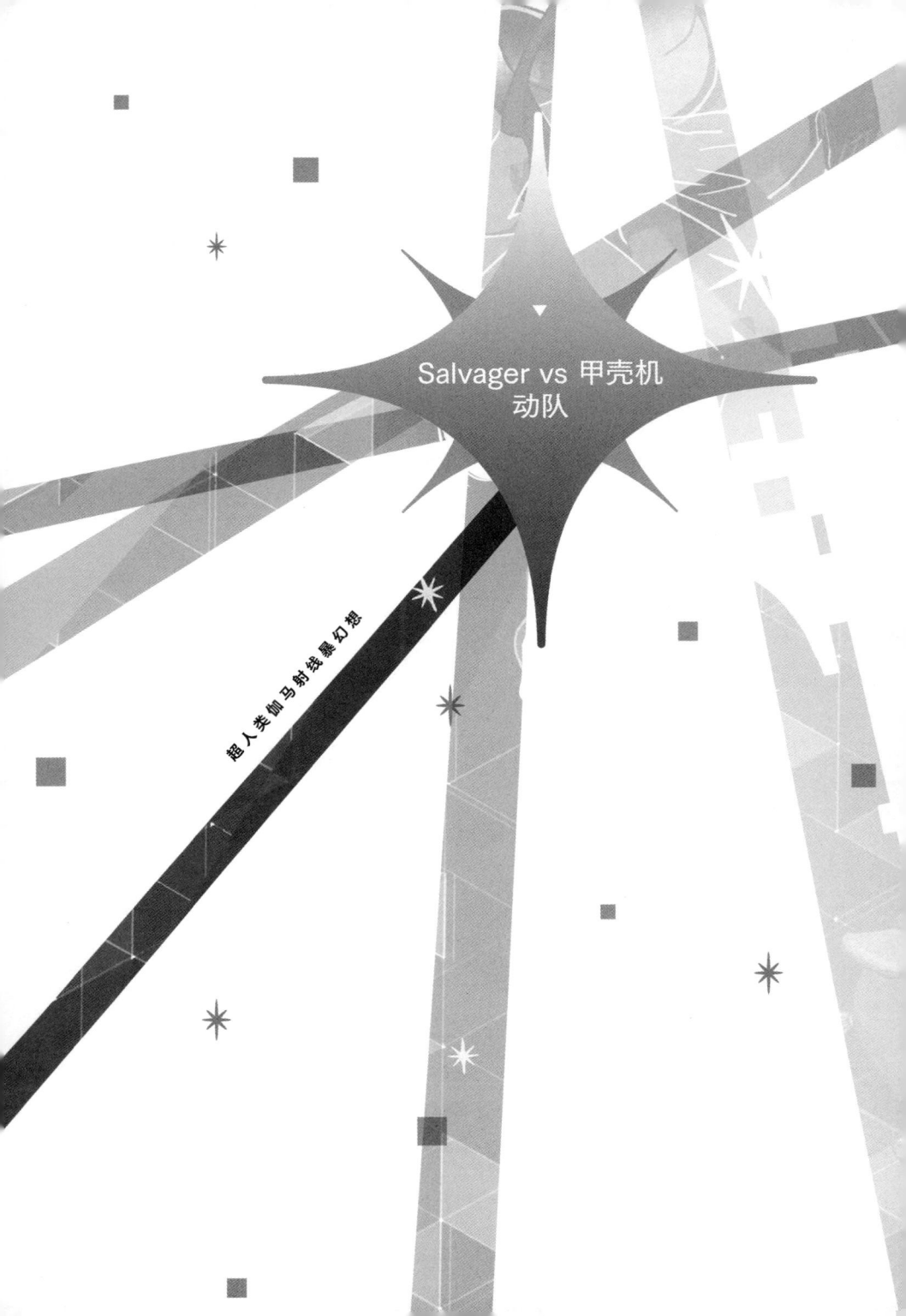

Salvager vs 甲壳机动队

超人类伽马射线暴幻想

这是一个发生在未来的故事。被伽马射线暴直击后过了数十年，甲壳机动队降落在了木卫二——欧罗巴上。

欧罗巴上有海洋，还覆盖着冰层。为了对废弃的旧超人类都市进行侦察，螃蟹、长臂虾、虾蛄和远洋红蟹[1]组成的甲壳机动队潜入此地，遇到守卫机械并展开了一场战斗。

队员们躲在倒地的无人卡车背后屏息等待。为了不被守卫机械发现，他们用极细的射线进行交流，打开战术画面共享战况，并伸长自己的柄眼，给视野中出现的物体打上敌我标签。螃蟹队长静静地吐出一个泡泡。

"说什么'这条路径是安全的'啊……"

长臂虾一边发射出猛烈的炮火，一边抱怨。他的手臂能随心所欲地伸缩，配合光纤柄眼，躲在掩体后安全地进行攻击。长臂虾收回过热的枪身，把它浸在水中冷却，又接着说道："真是的——情报部那群寄居蟹一点用都没有！他们拿多少工资啊？肯定比我高吧，这群

1　远洋红蟹：日文名**タダタダタダヨウガニ**（Tadatadatadayougani），意为"一直漂在水中的螃蟹"。——译者注

混蛋!"

虾蛄似乎也赞成长臂虾的意见。他凭着自己经过强化的怪力操作分队支援火器,一边挪动水泥和无人车残骸搭建阵地,一边郑重地开口。

"的确,情报部都是左圆偏振光。他们是没有爱的。"

"不错啊虾蛄!你有时候也会说些正经话嘛!话说回来左是哪边?是不好的那边对吧?"

"长臂虾,虾蛄,保持通信秩序。"

螃蟹队长严肃地说。他踏着冷静的横向步伐躲开守卫机械的射击,有时也用自己厚实的背甲挡住子弹,并用精确的射击进行反击。螃蟹队长转向战术画面,对另一名同伴下指示。

"TTC,敌人的数量?"

"和我差不多。"

"真的假的?"

"开玩笑的,最多也就十个吧。"

"什么叫'最多也就十个'啊?看看我们这边才几个啊。"

"对方的数量占压倒性优势噢。"

在长臂虾和螃蟹队长脚下有一群小小的生物跑过。是每只仅有几厘米大的小白蟹。它们协调一致,如同有生命的云朵般,又像一条白色小河分出几条支流,潜入掩体下方和浑浊的水洼里,伺机向守卫机械们发起群攻。守卫也用子弹和振动刀应战,但解决了十几二十只也是杯水车薪。

这就是TTC——远洋红蟹集合体。

"个体损耗率12%。"

"别勉强自己。"

"战术上我占据有利地位,但按这个节奏下去……"

"真是的,到底都是从哪儿冒出来的。附近难道有寿司店吗?"

"这个玩笑真有趣。"

螃蟹等的身体在忙着战斗的同时,也在战术画面的聊天框里促"角"长谈。己方有四个,而守卫机械数量是他们的两倍以上。哪怕不是这样,守卫机械也并不畏惧一时的死亡。要是遭到它们的自爆攻击,这边死掉一个,整个队伍就会崩盘。

"队长,我们再吹俩泡泡就投降吧。"

"能投降再说吧。"

"要是能靠说话解决,还用得着战斗吗?"

螃蟹队长静静地吹着泡泡。退一万步说这也是个大危机。

一来一往间,有具已经失去头部的守卫完成止损站了起来,从死角发射出雨点般的微型导弹。螃蟹队长一边撒雷达干扰箔,一边迈着敏捷的小侧步不断缩短距离,朝守卫的躯体上倾注子弹。但哪怕他用钳子撕裂了守卫的躯体,机械的动作还是没有停止。

他挥开攀上来的守卫,朝对方的躯体上发射了无数发子弹,终于让守卫不再有声息。

螃蟹队长旋转柄眼，视野中映出了另外两具守卫机械。和他想的一样，这是将重伤个体作为诱饵的清扫作战。

他理解了，但束手无策。毫厘之差便足以致命，再加上数量也处于劣势。

守卫机械们举起枪。队长似乎已经能看见自己在它们眼中被打上了十字准星。就在守卫扣下扳机之前的短短一瞬间，螃蟹队长做好了战死的准备。他们和机械不同，没有记录大脑活动的装置，身体一旦被破坏就完了。

——终于要完了吗？

螃蟹队长莫名感到心安。就这样，他的世界里将不再有光和声——就在前一瞬间。

有什么落下，发出震耳欲聋的声音。

自从发生在宇宙彼方的伽马射线暴直击地球这场奇迹般的厄运以来，超人类尝试了各种方法想离开地球。

有人搬到了太阳系的其他行星，有人前往更远的宇宙深处，有人将自己上传到耐久度极高的计算机中，选择在电脑世界里生活。

欧罗巴便是超人类的殖民地之一。在欧罗巴厚厚的冰层下是无垠的液体海洋。液态水是宇宙中的重要资源，也是适合孕育生命的环境。甲壳类被选中作为从事海中作业的服务种族，他们的体型因此变大了，也拥有了智慧。

后来，甲壳类产生了自我意识，开始主张自己的主权。超人类一开始是反对的，但不知道为什么，他们开始从欧罗巴撤离。超人类切断了和甲壳类的联络，放弃了束缚着他们的世代债务和合同，消失无踪。

眼中钉的离去让甲壳类高兴不已。

但随着超人类的消失，产生了一个问题。

关于让甲壳类拥有智慧的增设神经丛——俗称"蟹黄"的问题。

在甲壳类体内与其共生，提供计算能力的增设神经丛（蟹黄），也会随着宿主年岁渐长进行自我改良。甲壳类获得的智慧之果最终将发芽、成长，结出果实。这样一来，他们的产能也会呈指数级上涨，借此将自己赎回，从服务种族的角色中解放出来——据说是这样的。

但这些增设神经丛是有缺陷的。所谓的自我改良，不过是将"发生无法控制的变化"说得好听点罢了。增设神经丛会发生变异，侵蚀甲壳类的精神。变异会引发智力减退和各种幻觉，让甲壳类因为无法实现为超人类服务的愿望而陷入抑郁当中。

这是神经丛自行进行的更新，所以修理也无法令其停止。治疗方法只有一个，就是将它们带到超人类开的代理店里，而欧罗巴的代理店已经歇业好几代了。

当然，甲壳类也试过自行修复增设神经丛，但这遭到了他们体内使用条约的妨碍。试图耍花招的工程师体内所有的增设神经丛都停止了工作，那只螃蟹再也没回来。

即使想和超人类取得联络，他们也没有能在太阳系内部长途移动的宇宙飞船。

最开始小心翼翼，到后来逐渐变得大胆——智能化甲壳类开始研究超人类留下的构造物。

为什么超人类会放弃欧罗巴呢？答案就隐藏在他们留下的东西中。

两只手臂、两只脚、头部、轴对称的身体，是机械，身份不明。

螃蟹队长的战术辅助智能对掉落的生物进行了分析。它的形状怎么看都不是甲壳类，而像是人类。

但它也绝非守卫机械。这东西漫无目的地宣泄着它的怒气，看不出是有智慧的生物。

守卫机械将枪口从螃蟹转向了它，但已经太迟了。它躲过子弹，伸出长得出奇的手臂，随随便便就抓住了守卫。它的头部"啪"的一声打开，露出一个大洞，并将守卫机械丢了进去。眨眼间，另一具守卫机械也成了它的饵食。

螃蟹队长没放过这个机会，迈着高速侧步想要逃跑。但它一边轻轻松松地解决了其他守卫，一边轻易便追上了队长。那张用零件潦草拼成的脸对着螃蟹队长露出了獠牙。

它像将猎物逼上绝境的捕食者，游刃有余地逼近了螃蟹队长。但就在这时，一只小小的红色螃蟹爬上了它的脸。

或许是受到传感器影响，又或许是思维陷入了循环，它的动作停止了。极短的一瞬间，仅有的延迟。

这一瞬间已经足够。

它回过头时，背后站着虾蛄。

虾蛄将自己巨体中积攒的所有能量汇聚在右钳，向它刺出了超音速的一击。那东西被击飞数米，倒进无人拖车的货斗中不动了。

螃蟹队长长出了一口气。

"所以这玩意儿到底是啥？"

"没有爱的灵魂。"

"我可没在问你。不过你那拳头还是一如既往的强啊。"

"挥拳的也会心痛的。"

机动队一行来到背阴处，打开甲壳，让因为战斗而过热的身体冷却一下。长臂虾和虾蛄得以自由谈话，螃蟹队长则在调查它的残骸。四处戳戳探探了一阵，螃蟹队长转向长臂虾等。

"这应该是'salvager（打捞员）'。"

"哦哦，果然。和我想的一样。"

虾蛄用力点了点头。

"它在翻垃圾吧。只要是用得上的东西便全部捡起来吃掉，一边自我修复一边四处徘徊，保持着某种动态平衡。"

"你知道得可真多啊，虾蛄。"

"在其他城市的垃圾场还挺常见的，都是些需要救赎的可悲灵魂。据说被熵侵袭的'打捞员'会逐渐发狂，最后堕落为乱扔自己信息排泄物的'scavenger（腐食者）'。真是个偏左的故事。"

"不仔细查查还不能断言。"

螃蟹队长伸长柄眼，看向TTC。TTC聚集而来，营造出了一种葬礼般的氛围。

"啊啊啊！"小小的钳子充满感情地摇动，"河蟹！你在哪儿？你到底在哪儿？"

"你怎么回事，怎么又把那玩意带过来了。"长臂虾无语地说，"别把那家伙叫过来！"

刚才的冷静已经被抛到了九霄云外，TTC痛不欲生地呼唤着。

所谓的河蟹其实是河蟹形状的半智能机器人，负责维护甲壳机动队队员们的躯体。它本来是放在基地里的备品，但TTC经常带着它出任务。混在TTC中间的河蟹是名副其实的万蟹丛中一点红，这毫无疑问是违反军规的，但其他队员都本着情分装作没看见。要是想把河蟹从TTC手中拿走就会酿成大混乱。

"怎么样，TTC，有没有读取到什么？"

"我进入了它的操作系统，但还需要一点时间，它的壳子太旧了。"

"拜托你了。"

将"打捞员"的解析工作交给河蟹和TTC，螃蟹队长漫不经心地打量着四周。这次的任务是侦察。他们会分头进入废弃的超人类都市,寻找能用的东西,非要说的话就是翻垃圾。数据存储器、能进行逆向工程的机械、合成器官……都市里充满了资源,是他们重要的战略目标。

但……螃蟹队长思考着。刚才那群战斗机械,要说是一般战斗单位数量也未免太多了点。这里是超人类重要的战略据点吗?根据情报部的调查,之前似乎是卫星城的样子。

还有那个"打捞员"。超人类特意制造出了那种东西吗?为什么呢?

嘎嚓嘎嚓的声音打断了螃蟹队长的思考。

"打捞员"正在重新启动。

"打捞员"的手臂以令人吃惊的速度伸长,将身边围着的一群TTC和河蟹吃掉了。借着势头,"打捞员"如同从坟墓中复活的僵尸般袭向虾蛄。

"哎呀呀,看起来还有点起床气呢!"

虾蛄向"打捞员"打出一记重拳,但没有奏效,反而被抓住手臂痛苦挣扎起来。

"啊呃!呃呃——"

"噢噢噢噢你这家伙对虾蛄做了什么!"

长臂虾将手臂伸长到了极限,像鞭子一样弯曲着朝对方砸去。但"打捞员"纹丝不动。它目不斜视地伸手抓住长臂虾的脸,轻易便把它丢了出去。长臂虾撞在荒废中幸存的商店橱窗上，玻璃四下飞散。为了不击中虾蛄，螃蟹队长不能用枪，便将能量聚集到钳子上。它的蟹钳变得炽热。

"TTC！保命要紧，逃出来！"

这时，螃蟹队长看到"打捞员"身旁飞过一个小小的东西。

"打捞员"从他的视线中消失了。

它高高跃起，爬上摇摇欲坠的大楼墙壁，再次跳跃——最后偏头瞄了螃蟹队长一眼后，就这么不见了。

"河蟹被'打捞员'吃了。"TTC说，"我要求追踪它。"

"我要求返回。"

长臂虾缓缓出现，抖落身上的玻璃碎片。他踢飞已经一动不动的虾蛄的脑袋，用嘲讽的眼神看向队长。

"虽然不知道发生了什么，但我们是来侦察的吧？看到了奇怪的东西就回去报告，这不好吗？那家伙的真面目已经查到了，就是'打捞员'。我们回去吧。我受伤了，虾蛄也牺牲了。"

"我还没死。"虾蛄爬起身来。

"你这家伙真是，为什么不在大家决定回去之后再活过来。"

"我的祖先来迎接我了，他们都发着向右的光。祖先们异口同声地对我说：'现在还不是你该死的时候。'"

"啊——真是的。"

"撤退是不可能的，河蟹还被关着呢。"

"你换一个河蟹不就行了。"

"闭嘴，你这个卑鄙小人。那孩子是特别的，而且河蟹也是军队重要的物资。"

TTC将他与河蟹的合照发到了战术画面中。看到河蟹肚子上刻着的"永远爱你"字样，长臂虾发出深深的叹息。

"那你打算怎么办，队长？"

全员的视线集中在螃蟹队长身上。螃蟹队长一边打开钳子的壳散热，一边说"跟上它吧"。他查询自己之前的视觉记录，将一张图片投影在战术画面上。

那是一架极小的、带着翅膀的无人机。

"这是啥？"

"我希望是我眼花了。"

螃蟹队长感觉自己变小了一圈。他浑身疲惫不堪，负了伤，重要的东西似乎正从身体里流走。

"队长？"

"那是——"

队长张开钳子，合上，又张开。

"蜂。"

"蜂？"

"是一种昆虫吧？"

虾蛄说,队长对他摇摇柄眼。

"——我们得追上去,必须知道更详细的信息,而且必须回收河蟹。"

他的语气斩钉截铁。这次长臂虾也没有反对。

一行人跟着TTC的引导,在被水淹没的都市中前进。为了成群行动,组成TTC的小螃蟹之间形成了通信网络。被从个人域网中剥离出来的螃蟹为了求救,不停编写着输出大功率信号的程序。一路上不断有小螃蟹从"打捞员"体内逃出,就像显示它足迹的路标。

就这样,TTC中的最后一只也和大部队会合了。

他们面前出现了"打捞员"的据点。

这里原来应该是座大楼吧,现在已经成了由六角形组成的泡泡。水泥、玻璃和炭混在一起,形成了一个巨大的蜂巢。周围的建筑也逐渐被它感染,简直就像一座小山。

这就是"hive"——蜂筑成的巢穴。

"哇哦。"长臂虾说,"队长,我问一句,你该不会要进去吧?"

"河蟹在里面。"

"谁管你啊。"

"她是军队物资。"

"我可没在问你的意见。队长,你怎么看?"

"'打捞员'就在里面,必须去调查一番。"

"有必要由我们来做吗?"

队长没有回答,而是观察着蜂巢的外壁。靠近地面的六角形孔洞太小,钻不进去。"打捞员"用的应该是靠上的洞穴。他没理会啰啰唆唆的长臂虾,对TTC说道:"找出入侵的路径。"

"了解。"

"有这个必要吗?"虾蛄说道。

他把分队支援火器扔到一边,大步走近蜂巢外壁,转转脖子,开始用钳子四处戳探寻找。就连队长也吃了一惊。

"虾蛄,你在做什么?"

"我觉得应该能从这附近进去。嗯,这毫无疑问是向右的光。"

没人来得及阻止他。

虾蛄不加考虑地挥出了拳头。蜂巢外壁出现裂隙,随之崩落,形成了一个可容大象蹦跳着进去的大洞。

"来,请吧。"虾蛄说,"来来来,别客气——嗯,怎么了?你们看起来很惊讶。"

"说什么'怎么了',你这蠢货!要是'打捞员'听见声音聚集过来该怎么办?"

"我对你这家伙的擅自行动表示严正抗议。"

"哈哈哈,哎呀,失礼了,我从墙壁上看到了十分美丽的光芒。毫无疑问这是给我的指引呀。"

这时,墙壁内侧炸开了。

"打捞员"冲破墙壁,用有数十个关节的长长手臂勒住了虾蛄。虾蛄用尽全身力气抵抗,这时"打捞员"的下半身裂开了。为了增强稳定性,它有四只脚,一个绞盘从这些脚中飞出,蹿进了蜂巢。"打捞员"拉动绞绳,试图带走虾蛄。

螃蟹队长和长臂虾将火力对准"打捞员",但它不为所动。TTC中的一只爬上长臂虾的身子,长臂虾将它扔向了敌人。TTC从"打捞员"躯体的缝隙间潜入内部,尽管虾蛄和"打捞员"的格斗让他不住摇晃,他还是拼命地调查着。

"果然,这家伙只是个提线木偶!有人在用线操纵它!"

螃蟹队长加热自己的钳子。趁着长臂虾对"打捞员"倾泻炮火,虾蛄跃起挣扎时,他用钳子剪断了绳子。

"打捞员"翻了个跟头倒在地上。被切断的绞绳不再紧绷,像鞭子般弹了一下,螃蟹队长堪堪躲开了。

"好险。"

虾蛄一把推开"打捞员"。

"都怪你干了多余的事。"

队员们嘻嘻哈哈地玩闹。螃蟹队长没有理会其他人,在昏暗的洞穴前站定了。

"队长?"

螃蟹队长没有回答。他举起蟹钳,朝洞穴中窥视。

洞穴深处有什么在动。

事情就发生在一瞬间。螃蟹队长被拖进洞穴，消失了。

还没等碎片落地，队员们已经将各自的感觉记录汇总重构，弄清了跳出来的又是一只"打捞员"。凭借虾蛄也难以匹敌的怪力将猎物迅速捕获的"打捞员"留下散热的痕迹，消失在蜂巢深处。

没什么好犹豫的。队员们冲进了"打捞员"留下的洞穴。

一行人进了蜂巢，排成两队前进。这个蜂巢表面附近呈成排的六角形筒状，但内部却如同蚂蚁窝，有着分叉的细长通道。

众人在漆黑的通道里凭借红外线和回声前进，有时能看见类似"打捞员"的生物穿过。队员们保持着高度警惕，奇妙的是，"打捞员"并未对他们进行袭击，而是观察了一会儿后便消失在通道深处。

"真瘆人。"长臂虾说。

其他人也不得不承认。和方才袭击他们的生物不同，有其他某种存在正控制着这些"打捞员"，目前，那个存在似乎还没有要攻击他们的意图。

拐了好几个弯，不知来到了地底多深的地方——突然，道路前方出现了亮光。队员们不由得被这光亮所吸引，向前走去，眼前豁然开朗。

这是一个整体散发着柔光的房间，四下散落着垃圾。有些垃圾是"打捞员"随意捡来的，有些则是崩坏的"打捞员"本身。朝房间另一边望去，有一只长靴大小的"打捞员"正在对垃圾进行分类。

嗡——传来一阵杂音，这是遍布各处的蜂的鸣叫声。计算机运算散发的热量让众人的红外视野蒙上了一层雾气。

"河蟹！"

队员们放下枪。

TTC发出尽可能充满喜悦的合成声，一齐从队员脚边冲了出去。TTC没看"打捞员"和蜂一眼，径直跑向滚落在一边的红色螃蟹。

"河蟹……"

真是令人心痛的一幕。河蟹的甲壳凹陷，内脏掉出，怎么看都已经坏掉了。TTC的钳子颓然垂下。白色小螃蟹将这一只河蟹密密麻麻地包裹起来，就像在举行某种葬礼。

长臂虾挥挥钳子，似乎不忍心再看下去。

"能找到它真是太好了。"

"我自己来搬。"

TTC含糊地应道。他们成群结队背起河蟹的亡骸，朝入口处返回。长臂虾一边目送着他们，一边用柄眼四下侦察。

"喂，虾蛄，你在找什么？"

虾蛄没有回答他的追问。他蹲在房间角落的垃圾山旁，捻着胡子，身旁的"打捞员"兴趣盎然地盯着他。

长臂虾颤抖着伸长手臂，抓住了虾蛄的肩膀关节处。

"喂，你在干什么？队长他可是消失了啊。"

虾蛄慢慢回过头，带着困惑的神情伸出钳子，上面是一只红色的机械甲壳类。这只毫发无伤的红色甲壳类活力满满地挥舞着钳子，跑到TTC身边和他偎依在一起。

"河蟹……"

TTC低声说。从识别信号来看，它就是那只应该已经被碾碎的河蟹。现在TTC们正在搬运它。看到自己的尸体，新的河蟹似乎也很惊讶。它智力低下，不具备自我意识。

"能、能活着真是太好了。"长臂虾振作精神说道，"那个，应该是另一只河蟹吧？大概是住在这里的家伙捡回来的，差点认错了，哈哈哈。"

"看来并不是捡回来的。"

虾蛄的语气十分茫然。像是听到了他的话，"打捞员"将自己怀里抱着的一堆东西展示给众人看。

那是许多只河蟹。这些一模一样的机械甲壳类正在"打捞员"的臂弯里蠢动着。

"这、这是什么啊？"

"TTC，你之前在河蟹身上刻了字对吧？"

TTC立即将一只河蟹翻了过来。与此同时，虾蛄眼疾手快地打落了"打捞员"抱着的河蟹群。众人清楚地看到，哗啦啦散落的每一只河蟹肚子上都刻着"永远爱你"。

队员们说不出话。这一定是"打捞员"干的，但这么做是为什么呢？

一直默默观望着事态变化的"打捞员"想溜回垃圾山中,却被长臂虾按倒了。他用枪抵着对方,对着不知道有没有对话能力的"打捞员"怒吼。

"喂,这是怎么回事?你们干了什么?"

"是复制吧。"

——是螃蟹队长的声音。出现在队员们身后的螃蟹队长若无其事地捡起一只复制体河蟹检查起来。

"队长,你没事吧?"

长臂虾略微退后了一点,问道。队长没有回答他,而是用蟹钳撬开复制体河蟹的甲壳,随手便把它剥开了。

TTC发出了不成声的悲鸣。长臂虾和虾蛄也呆呆地注视着队长。螃蟹队长将复制体河蟹扔在一旁,他的钳子里夹着一个块状物。

"你们觉得这是什么?"队长问道。

没有人回答。队长丢下块状物,不知从哪儿飞来一只蜂接住了它,又钻进垃圾的缝隙间消失了。

"打捞员"慢吞吞地爬起来,开始对复制体河蟹进行剥壳。TTC中的一部分试图阻止,但"打捞员"并不介意,它一个接一个地从河蟹体内掏出某种物体,蜂接过后便将其运走。

长臂虾嗖地伸长手臂击落了其中一只蜂,将那东西轮流递给虾蛄和TTC。

那是蜂的幼虫。

幼虫全身浸染了金色的蜂蜜，还带着一丝余温。

"这是什么？"

长臂虾话音刚落，所有河蟹的甲壳突然一齐掀开了。翅膀拍动的声音压过了周围一切声音，从垃圾山中出现的蜂和河蟹体内的幼虫汇聚在一起，又躲回了垃圾山。

"打捞员"不知什么时候也不见了，只留下身后无数的河蟹空壳。

"走吧。"螃蟹队长说。

"去哪里？"

"这是命令。"

本应已到尽头的地方又打开了一条通道。

螃蟹队长打头大步往前走，队员们也跟着他在通道中前进。途经岔路，螃蟹队长也毫不犹豫，一旦队员们落下，他便急躁地催促"快点前进"！

长臂虾终于下定决心开口道："队长，这是怎么一回事？"

螃蟹队长停下脚步。

"是蜂。"

"那些蜂是什么？"

"——我之前遇到过这种蜂。"

他背对着长臂虾迈出步子。

"当时，我们发现了超人类的水耕农场。当然，超人类早就放弃了那个农场，但农场本身还活着。有许多树木探出水面，每棵树上都开着花，五彩缤纷的花。蜂就在这些花间飞舞。我的同伴们也都看呆了，现在我还会梦见当时缤纷的色彩。"

蜂，可以说是智能化甲壳类的远亲。

这些蜜蜂一开始是通过基因编辑技术被制造出来的小型农用机械，它们不会患上蜂群崩溃综合征[1]，能代替昆虫蜜蜂进行授粉。在忙忙碌碌为农作物授粉途中，蜜蜂们形成了网络，为使农产品收成最大化而不断进行自我改良——结果，进化朝着完全错误的方向变质了。

最终，部分女王蜂逃走了。她们繁殖出来的工蜂通过舞蹈和蜂巢元胞自动机等遗传算法进行数据处理，将蜂蜜的分子构造编码后输出。

就这样，蜜蜂们与邂逅的自主改良性纳米粒子结成了一对不被祝福的眷侣。它们迅速增殖，计算能力不断增强，早已不再受旧超人类的控制。蜂开始扩张自己的势力范围，形成了不受管束的结社。这些Grey goo[2]，不，是Grey bee改造自己的源代码，模仿寄生蜂的生存

---

[1] 蜂群崩溃综合征（Colony Collapse Disorder）：也叫蜂群衰竭失调，指蜂巢内大批工蜂消失，蜂群大量死亡造成生态崩解的现象。原因说法众多。——译者注

[2] Grey goo/Gray goo：灰蛊，是一种假想的世界末日情景，失控的大量分子纳米机器人消耗地球上所有生物以复制自身。也被称为生态吞噬。——译者注

方式，学会了从电子、物理两面进行繁殖。

无论是生物还是机械，被纳米菌株寄生后便会成为宿主，加入它们的结社，为完成某些谜之任务而行动。旧超人类社会起初试图与之战斗，后来又尝试着和它们沟通，但蜂们置之不理。

不仅如此，某天，超人类突然消失了。

"但这里的消失，指的是从地球上消失，而不是欧罗巴。我可没听说过欧罗巴上有蜜蜂啊。"

说完，螃蟹队长闭上了嘴。队员们面面相觑。消失——这个词让他们不由得想起了突然从欧罗巴消失的超人类。

长臂虾诧异地问道："——队长，你什么时候这么了解蜜蜂了？"

队长没有回答，而是脚步虚浮地向前走去。虾蛄和TTC也跟在后面。长臂虾没办法只得跟上。他一边走一边说着，情绪越来越激动。

"队长，虽然不知道发生了什么，但我们还是回去吧。河蟹也已经回收了，这里的家伙都很奇怪啊。必须回去报告才行——队长！说点什么啊！"

"我们要是死了就完了。"

"什么——"

"你不觉得很奇怪吗？超人类能够活下去，哪怕身体没用了，也能将自己的精神转移到其他躯体里。还能事先将精神记录在坚实的容器中。"

"你说的是大脑皮层活动记录装置（stack）对吧？"

虾蛄的声音听起来很疲惫。

"我们的增设神经丛不具备保护功能，队长想说的是这个吧。"

"那……那又怎么样？"

"是河蟹……"

"什么？怎么连你也出问题了，TTC。"

"河蟹体内的东西，刚才那个……"

长臂虾想说些什么，但又把话吞了回去。

"——那是蜂的幼虫吧。到底怎么了啊，你们想说什么？你们都很奇怪！"

螃蟹队长停下了脚步。

"到了。"

通道前方是一个巨大的空洞。

空洞里整齐排列着许多"打捞员"，它们纹丝不动，仰头注视着什么。

除了"打捞员"外，还有其他生物。那是理应从欧罗巴上消失的超人类，他们混在"打捞员"的行列当中。长臂虾像着了魔一般转动着柄眼看着这一切，发出了呻吟——虽然很少，但也有几只甲壳类和他们站在一起。

这是一幅异样的光景。螃蟹队长拨开一排排躯体，向深处走去。长臂虾等人也不得不跟上。

蜜蜂在这些躯体之间交错飞舞，随心所欲地停驻在"打捞员"和超人类身上，有时从他们体表的孔洞潜入体内又飞出。也有几具躯体上聚集着大量的蜜蜂。但这些生物没有任何反应。

"他们还活着吗？"

"超人类都还有体温，也能感觉到呼吸，肯定是活着的。但……"

TTC欲言又止，长臂虾也没再追问。他们跟在螃蟹队长身后，尽可能不去触碰这些东西。

地板上淌着发光的黄色蜂蜜。蜂蜜黏糊糊地粘在队员们腿上，虾蛄和长臂虾将TTC放在身上，载着它们行动。

蜂蜜从空洞中央放置的合成器官里源源不断地涌出，螃蟹队长俯下身尝了一口，随后将粘满黏腻蜂蜜的身体转向队员，说："你们也喝吧。喝了它就能解脱了。"

队员们举起枪作为回答。他们知道队长已经疯了。螃蟹队长也端起自己的武器——然后立马扔掉了它。

"杀了我吧。"

"这里到底是什么地方？"

"是'宿主总块'。"

螃蟹队长回答。

"它在呼唤我。我想起来了——轮到我了。"

一只蜜蜂停在螃蟹队长的甲壳上。他打开甲壳，蒸汽从中溢出。里面也藏着一只蜂，蜂飞出时变成了两只。

"但我其实并不知道自己现在在做什么，之后应该会知道答案吧。"

螃蟹队长注视着长臂虾等，他的样子很古怪。

"当时我还以为那只是一个普通的水耕农场，没什么特别的。没想到会有蜂在那里，等我知道的时候已经太晚了。看来欧罗巴也引入了这种蜂。一开始我以为自己会被它们当作苗床呢，就像之前在这里的那些家伙们一样。"

队长的柄眼四下摇晃着。

"我会留在这里。长臂虾，你的军阶最高，你来负责指挥。"

"——未经许可擅自离队可是要上军事法庭的，你知道吧？喂，虾蛄、TTC，你们在干吗？快把队长控制住。"

虾蛄和TTC转动着柄眼，不知如何是好。长臂虾激动起来，伸长手臂，打开了战斗驱动器。他脚下的蜂蜜被加热，发出滋滋声。

"……别管我了。"

"突然说些什么呢。我们赶紧从这地方出去吧。"

"长臂虾，你怎么了？这可不像你。"

"我只是惜命而已。不管是自己的命，还是救命恩人的命。不如来算算我曾经被队长你救过几次吧？数到天黑都数不完。"

"长臂虾。"

"不只是我，那边的虾蛄和TTC也受了你不少照顾。所以呢？那些蜜蜂还是什么玩意儿说几句梦话，你就乖乖上当，把我们丢在一旁？别开玩笑了。你的事干完了，我们可还没呢。"

"长臂虾。"

"虾蛄、TTC，快把队长控制住！把我们的对话日志从战术画面删掉，要是之后被上面找茬就麻烦了。怎么了？快动手啊！"

队长放下钳子，示意了一下战术画面的兵器状态。他已经切断了蟹钳的能源供给，这也意味着他解除了自己的武装。

"队长……"

长臂虾一瞬间放松了警惕。

那一瞬间对队长而言已经足够。

队长用钳子击向长臂虾。长臂虾这才发现战术数据是螃蟹队长用队长权限伪装过的，但已经太晚，他被击飞出去。他那满是机械和装甲的笨重身体滚落在地，痛苦呻吟起来。

"队长！"

"抱歉。"

队长全身爬满了密密麻麻的蜂群。

"好痛，太痛了。但活着不也净是些倒霉事嘛。"螃蟹队长说。

"就算死了，也会有我的替代品存在。你看，它们捡来了这些给我。"

螃蟹队长将钳子塞进缝隙，打开了自己的甲壳。这本来应当是用来散热的功能，螃蟹队长撬开自己，将自己解体了。

他的内部已经被别的生物所替换。那是一个不断搏动的圆块，与河蟹体内的蜜蜂幼虫一模一样。

"打捞员"们一齐转向队员，打开自己的身体，无数蜜蜂从中涌现。

长臂虾等人逃了出去。

虾蛄将自己攻击范围内的东西统统打飞，长臂虾扔出了手榴弹。手榴弹识别敌我后，将炸裂的钢片射向"打捞员"。许多"打捞员"被打倒，队员们趁机冲进了通道。

正当他们在通道里拼命狂奔时，天花板崩落了。飘舞的尘埃中，一只大型"打捞员"慢慢站起身。它双眼闪着红光，将通道堵得严严实实，向众人逼近。虾蛄挡住了它。他无数次挥动钳子击打"打捞员"，但哪怕上半身已经遍体鳞伤，"打捞员"的动作仍未停止。它一跃而起，朝虾蛄的甲壳缝隙处突刺。蜜蜂顺着微微打开的缝隙飞进了虾蛄的身体，他痛苦地翻滚在地。

"虾蛄！可恶，TTC，你想想办法，把进入他体内的东西收拾了。"

TTC的无数个体围住了"打捞员"，试图从开口处进入。但孔洞中喷涌出大量蜂蜜，将他们冲走了。TTC的主要集合体们试图甩掉身上的蜂蜜时，身体突然痉挛起来。原来是蜂蜜溶解了他们的甲壳，渗入到内部机械当中。

"TTC！"

"没事，那个个体我不要了！我过了很长时间的群体生活，这种程度的损伤——"

话说到一半，其中一只TTC被啪嚓一声按扁了。是虾蛄挥舞着钳子对TTC们进行猛击。

"你在干吗？虾蛄，住手，那家伙是同伴啊！"

虾蛄猛地掉转头看向长臂虾，他的瞳孔微微颤抖。见虾蛄沉下身子，长臂虾迅速跳起，将自己的钳子嵌入天花板。就在他吊起自己身体的同时，虾蛄也发起了冲锋。通道墙壁被轻易撞得粉碎，虾蛄在茫茫尘埃中起身，挥舞着蟹钳，突然想起自己身上还带着分队支援火器，便将它举了起来。

"虾蛄，快住手，是我啊！"

"右，左，Y-OU，Z-U-O。"

长臂虾拼命想要解释，但虾蛄充耳不闻，只是不停地发射着子弹。长臂虾借助自己的长臂，像雨林中的猴子一样想从天花板荡着逃走，但还是被一颗子弹击中甲壳，无法屏蔽的痛觉让长臂虾蜷起身子。

"长臂虾！"

TTC们围住了虾蛄。虾蛄放出火器，将TTC打得粉碎。长臂虾想趁此机会和虾蛄拉开距离，但每次没走多远便被"打捞员"阻挡，不得不改变方向。他不断地逃，可"打捞员"总是能先他一步出现，它们通过战术画面窃取了长臂虾的视角。长臂虾立马切换到战术画面想注销虾蛄的账号，却发现注销需要队长权限。

"可恶，TTC，你不能想想办法吗？把虾蛄从战术画面赶出去。"

TTC没有回答，攀附在长臂虾身上的个体扑通一声掉了下去。长臂虾也停下脚步，他甚至忘了身后还有追兵虾蛄。

无数河蟹不知从何处涌来，这群红色螃蟹逐一接近TTC，与他相向而立。

TTC的动作停止了。

"不要理睬它们，TTC，它们是假的，只是复制体而已。"

"不是的。"

TTC的声音听起来很恍惚，像在做梦。

他的声音里夹杂着噪音。河蟹们爬到TTC身上，将他逐一拆解。身体的组成部分被一一粉碎，本应受到严重打击的TTC却反而将自己的身体迎了上去。白色和红色交汇，蜂群也聚集过去。从河蟹和TTC身上涌出蜂蜜，里面是蠕动的蜜蜂幼虫。TTC的标记从地图上消失，战术画面终于关闭了。

呆呆地望着这一切的长臂虾没能躲过虾蛄的一击。

长臂虾的甲壳上出现了裂缝，他总算抬腕用内置枪瞄准对方，却突然又垂下了手臂。虾蛄已经不再试图破坏长臂虾了，他扛起对方就像搬运一具尸体，跟在"打捞员"身后开始前进。

"虾蛄……"

长臂虾抱着最后一丝希望开口说道。虾蛄转过柄眼盯着他。还没等长臂虾再说些什么，虾蛄的柄眼便被连根折断，一只蜜蜂从断口处探出头，又缩了进去。

长臂虾移开视线，祈祷自己起码能死得不那么痛苦。他已经没有别的手段，只能重新启动战术画面。登录的人只有长臂虾一个。

这时，画面上有什么在闪烁。另一个登录者的头像带着噪点，看不清楚——

长臂虾视线上移，发现有什么挡在道路前方。

炮火如雨点般砸下。"打捞员"慌了手脚，虾蛄一把丢下了长臂虾。长臂虾总算支起身子，映入他眼帘的是黑暗中炽热闪亮的蟹钳。

"队长……"

本应全身被蜜蜂寄生，将队员们诱骗到这里的螃蟹队长突然向"打捞员"发起了袭击。他射出子弹，用伤痕累累的甲壳挡住"打捞员"的攻击，又挥动钳子进行反击，一步步向长臂虾走来。

虾蛄咆哮着对螃蟹队长挥起拳头。一下，又一下，但螃蟹队长没有停下脚步。他用蟹钳钳住了虾蛄的脑袋，他的装甲已经被溶解，传来皮肉烧焦的气味。长臂虾目不转睛地望着眼前发生的一切。

虾蛄终于支撑不住，倒在地上。

"走吧。"

螃蟹队长向长臂虾伸出钳子。长臂虾摇摇头。

"队长，你怎么了？"

"我被拉进了这里，之后就什么都记不得了。"

道路另一端涌现出成群结队的"打捞员"。螃蟹队长一边拉起长臂虾，一边注视着敌人。袭来的大军之中，混杂着形状不同的影子——长臂虾战栗起来。其中有好几个螃蟹队长。他也和河蟹一样，被蜜蜂复制了。又或许现在正与自己并肩作战的螃蟹队长，也是复制体中的一员？

"告诉我，我真的还是我吗？"

"打捞员"一拥而上。

后来，人们发现了沉没在都市近旁海底的长臂虾。

死里逃生的长臂虾向上面报告了蜜蜂的威胁，并被隔离起来以便彻底检查有没有受到感染。他一直主张再次进行调查，然而，他的观点没有得到支持。就算蜜蜂并不是让超人类社会消失的直接原因，它们也毫无疑问是有害的存在。目前还没有谁在水中目击到蜜蜂，所以只要不进入大气应该就是安全的。

此外，在事先考察阶段，侵入都市的远程侦察机回传的报告内容也令人难以置信——蜂巢如同海市蜃楼般消失了。

以防万一，智能化甲壳类还是破坏了整个都市。他们在地底挖掘出的城市空间里设置了炸药,让冰层承受不住负荷崩塌。这是最彻底、最干净的破坏方式。

"那是什么?"

破坏作战即将进行。长臂虾独自待在海底的病房里。甲壳机动队已经退伍,他体内进行的改造被卸除,回到了原来的样子。现在手术已经结束,正处于疗养阶段。

长臂虾眼前有什么小东西一闪而过。他怀疑自己眼花了。

那是一只小小的蜜蜂。甲壳类的病房里灌满了水,然而,这只蜜蜂却丝毫不受影响,简直就像在大气中飞舞一般。它的羽翼已经退化,取而代之的是脚上的鱼鳍。长臂虾伸出手臂想抓住它,但他已经没有了强化视觉、战术画面和增设肌肉。蜜蜂轻易躲过他的擒拿,飞进换水口,消失得无影无踪。

长臂虾试图冲出病房——他突然想到,蜜蜂到底是从哪儿来的?

有什么从长臂虾张大的嘴里探出头来。是蜜蜂。蜂蜜源源不断地从他口中涌出,与周围的海水相融。长臂虾痛苦挣扎着,他弯下身子,甲壳裂开,又有其他蜜蜂飞了出来。

明明他已经接受了巨细无遗的全身检查,还做了增设机械的卸除手术,即便如此,依然有蜜蜂潜藏在他体内。

长臂虾伸出手臂,他的身体已经动弹不得。

突然，长臂虾好像明白了自己当时为什么能逃离蜂巢。疼痛的感觉愈发强烈。他的甲壳掀开，蜜蜂接二连三地飞出。而长臂虾无能为力，只能一直、一直注视着蜂群。

　　故事完。

滚动的蒙提霍尔

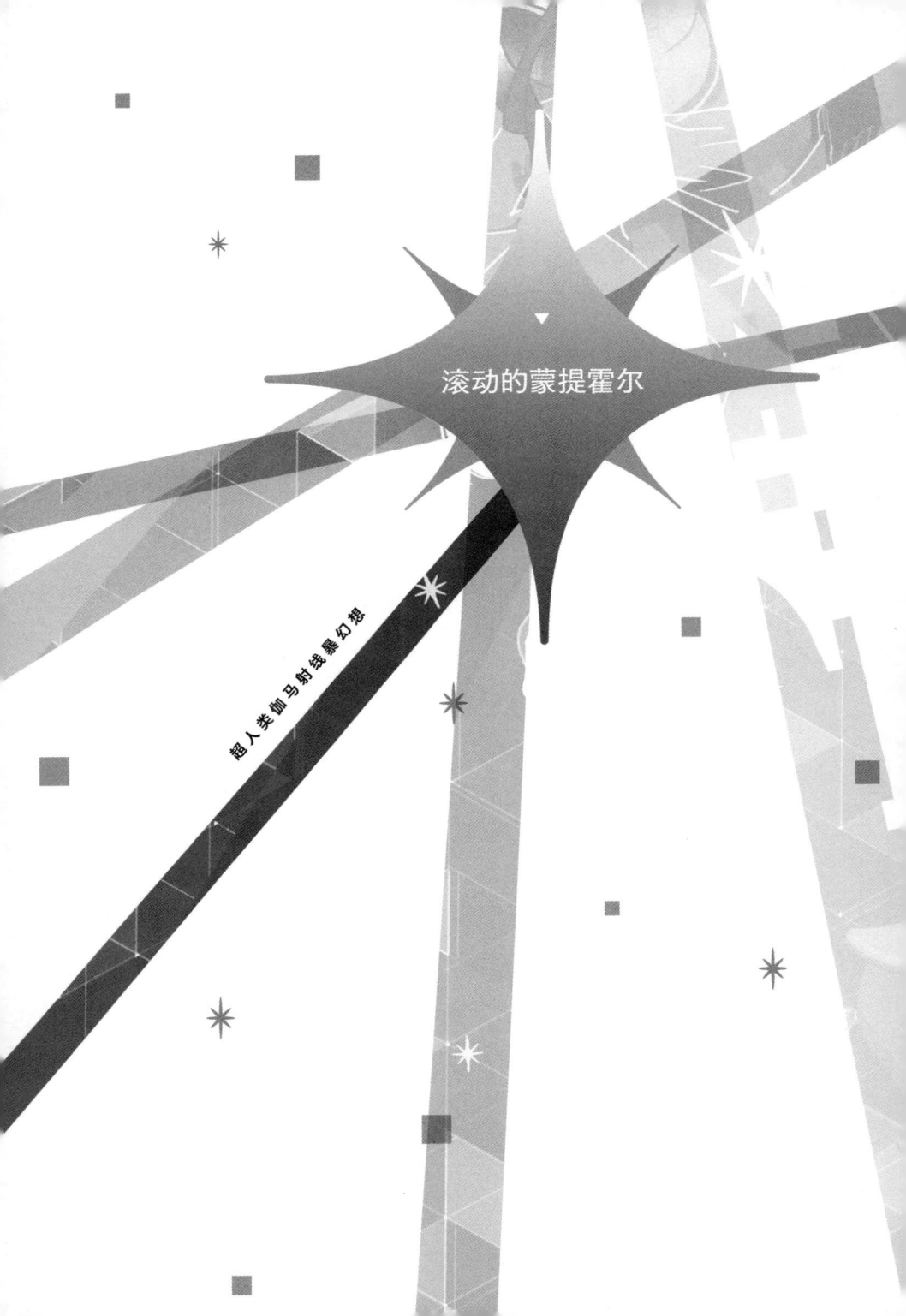

超人类伽马射线暴幻想

这次的故事将从高潮部分开始讲。登场人物有老爷爷、老奶奶、扫地机器人和山羊，还有主持人蒙提。

聚光灯照耀的舞台上，老爷爷和老奶奶并排而坐。他们对面挺着胸膛的就是主持人蒙提。观众席上坐满了山羊。

老爷爷和老奶奶脚下有一台扫地机器人正在转来转去。它呈椭圆形，像个圆角饭团。扫地机器人爬过舞台地板，吸起并不存在的尘埃，又回到老爷爷脚边。这里没什么重力，扫地机器人之所以可以到处乱转，是配置了电磁吸附垫的缘故。

另一方面，观众席上的山羊们则很自由。它们有的兴奋地甩着蹄子，有的跳到旁边的山羊身上，有的干脆飘了起来，但很快又被同伴抓住按回座位。这些山羊们的毛色和羊角的形状各色各样，一边散发着腾腾热气，一边随心所欲地动来动去，但与此同时，它们也聚精会神，生怕听漏了台上发生的事。

这时，山羊们发出了欢呼。只见集装箱被搬了进来。三个长着脚的集装箱自己迈步走上舞台后，便原地排成一排，脚也收了回去。分别是三个大、中、小不同尺寸的集装箱。

蒙提举起手,山羊们便安静下来。

"来吧,请选择。你们会选择哪个集装箱?"

"大的。"

老爷爷回答后,大集装箱上出现了发光的标记,是霓虹灯组成的老爷爷头像。老奶奶不满地抿起嘴,但老爷爷没有犹豫。

"确定了吗?挑战者选择了大集装箱——那么!"

伴着蒙提的示意,集装箱慢慢打开了。被打开的是中集装箱,不是老爷爷选的那一个。

一头山羊跳了出来。

英姿飒爽出场的山羊没有减速,而是轻飘飘地跑向演播厅上方并消失了——不,它抵达并不算高的天花板后,又脚下一蹬折返回来。山羊一头撞上观众席,引发了一场大混乱,但无论是老爷爷、老奶奶还是主持人蒙提都毫不在意。

蒙提若无其事地说:"正如您所见,您没有选择的中集装箱是个错误选项。"

蒙提刻意停顿了一会儿,指向剩下的两个箱子。

"剩下的是大集装箱和小集装箱。一个里面就是大奖,另一个里面也是一头山羊。您选择的是大集装箱对吧——其实,我有一个提议。您可以改变自己的选择,选小集装箱。您要改变吗?"

山羊们哄闹起来。它们兴奋地相互推挤,甩着涎水活蹦乱跳。老爷爷和老奶奶对视了一眼。老奶奶突然说道:"你说了算吧。"

"明白了。"老爷爷点点头。

"想好了吗？Change or no change？"

到底哪个箱子里才有奖品呢？是大集装箱，还是小集装箱？

要改变自己的选择，还是坚持原来的选择？

老爷爷的答案是——

让我们把时间往回倒一点。说到为什么会举行这样一场神秘的电视真人秀——

在遥远的未来，奥尔特云[1]上住着一位老爷爷和一位老奶奶。

两人并不是奥尔特云的原住民，而是出生于地球的一对夫妇。他们乘着宇宙飞船，花了很长时间，好不容易才到了这里。

要问为什么，其实很简单，但最好不要直接询问。一旦问了，老奶奶就会瞪老爷爷一眼，老爷爷对上她的目光，整个氛围都会变得尴尬。之后，先移开目光的老奶奶便会带点怒气地说："我们来这里是为了捡钱。"又或者说，"是为了寻找技术官僚们的宝物。"

技术官僚？

那是人类的形态之一。姑且、还算、勉强是——要加上这些定语。

---

1 奥尔特云（Oort Cloud）：天文学家奥匹克提出的一个猜想。在理论上是一个围绕太阳、主要由冰微行星组成的球体云团。奥尔特云位于星际空间之中，距离太阳最远至10万天文单位（约2光年）左右，其外边缘标志着太阳系结构上的边缘，也是太阳引力影响范围的边缘。——译者注

在伽马射线暴袭击地球后，人类的活动范围扩大到了整个太阳系。说实话，这是不得已的选择。既有充裕的准备时间，也有在地球外部独立存活、适应环境的技术，人类度过了一段舒适的日子。

但有一个决定性因素发生了变化，那就是多样性。

太阳系太大了。就连光也要花上几分钟乃至几个小时才能从一个星球到达另一个星球，没法指望大规模的实时通信。本地通信网取代了曾经覆盖整个地球的全球化网络，人与人之间的联系被切得稀碎。

分裂孕育出了多样性。合成器的普及让人们的自给自足变得简单，也因此社会规模不断缩小。各种各样的社会形式都能得到尝试的机会，从扎根某一行星并不断扩张的国家，到在小行星带之间移动的栖息地，再到自给自足的独立生命，应有尽有。

技术官僚便是其中的一个派系。他们在土星附近构筑了自己的势力圈，对技术永无止境的追求是技术官僚派的特征。

一开始这个派系是无害的，但在某个时间点发生了变质。关于他们变质的原因众说纷纭，有人说是技术发展过头了，有人说迎来了某个技术奇点，有人说他们只是得出了"人性会阻碍科技进步"的结论，也有人说他们偷偷接触异种智慧生物并受到了影响。总之，技术官僚派开始与其他超人类保持距离。其他大部分超人类也对他们采取无视的态度，直到技术官僚派在长途旅行中对木星上的大红斑干了点儿不该干的事儿。

技术官僚派被视为危险的存在，因此遭到攻击。超人类联合部队虽然来到了他们躲藏的栖息地，却只找到一些遗留下来的未知机械、陷阱和尸体。

技术官僚派不知去了哪里。

他们去了哪儿呢？

为了解开这个谜团，又或许只是为了寻找他们留下的财宝，开始出现搜寻技术官僚派遗迹的人。

老爷爷和老奶奶也是宝藏猎人。

一开始是老奶奶在特洛伊群小行星上发现了技术官僚派的栖息地，后来，他们的事业越干越大，也有了数据存储装置、反物质生成装置残骸等重要发现，探索的舞台逐渐从太阳系向外扩张，最后到达了奥尔特云。

老爷爷对奥尔特云内无数小行星的其中一颗进行了探索。

这颗星球也有自己的名字，但那不过是自我增殖机器人在事先侦察过程中取的无聊代号罢了。这里我们还是叫它小行星吧。

小行星上没有任何值得一看的东西，到处都是冰层和岩石碎块，它的自重甚至不能让它形成一个球形。事先侦察的得分估计也就是"闲着没事可以看看"的水平吧。老爷爷之所以会亲自来到这个平平无奇的星球上调查，是有原因的。

因为和老奶奶待在一起太郁闷了。

在奥尔特云探索了太久，老奶奶开始焦躁起来。

老爷爷很清楚，这对老夫老妻无须开口便能心灵相通，而这段时间，"怎么回事？好烦啊！"也成了老奶奶的口头禅。

和太阳距离越远，技术官僚派留下的遗物便越发异样。不知是因为远离了超人类让他们无所顾忌，还是他们一边向外部移动一边自我改良的结果，总之，栖息地的规模逐渐扩大，在栖息地内部发现了越来越多还在运作的、靠核反应堆供能的系统。他们留下的数据和试验品也越发令人难以理解。

或许能找到活着的技术官僚呢？老奶奶期待着。但就算他们存在于某个地方，要找到也是难上加难，因为奥尔特云实在是太大了。

这是一个被困在太阳系边缘的球体云团，有时也会成为飞来的彗星的故乡。

因为实在离得太远，太阳看起来就像一颗略微有些显眼的恒星。如果说太阳和地球之间的距离是一天文单位，那么整个奥尔特云的直径得有两千到二十万天文单位。在这个大得过分的云团中，零星散布着多得过分的彗星。

因此，要找出技术官僚派就像在沙漠中寻找一粒沙，在风暴中寻找一滴雨点一样困难。

老奶奶没有采用多重化的方式制造复制体，而是脚踏实地派出了一群侦察机进行探索。她不能忍受被复制体抢走自己的发现。"不只是我，复制体也会生气吧。"所以，她至多只会把备份留在宇宙飞船里。

在老爷爷看来，如果只考虑效率还是多重化更好，但光是想到会多出许多老奶奶，便会令人恼火也是事实，所以他对这种大海捞针式的搜索并无不满。

在这个并不算大的小行星地表上，老爷爷和扫地机器人一同前进着。

扫地机器人？没错，就是扫地机器人。

本是为了在地球这种既有重力又有大气的地方吸灰尘而诞生的扫地机器人，现在却在小行星表面爬来爬去。这个扫地机器人经过改造，它不再吸灰尘，必要时还能长出脚和机械臂在宇宙空间内独自进行短时间移动。老爷爷用绳子牵着它，就像牵着狗狗在散步。

这个扫地机器人也和老爷爷一样，被老奶奶赶出了家门。事到如今，老奶奶也不会再说什么"宇宙飞船里没有扫地机器人能干的活"，但她会说："这是怎么回事？"所以扫地机器人的日子也过得比较憋屈。

老爷爷停下脚步，开始寻找太阳所在的位置。已经过了挺长时间，他看了一眼表，思考老奶奶是不是该消气了。感觉还需要一点时间，于是他再次迈开脚步。

老爷爷回过头。他感觉自己手里的绳子被拉紧了。

绳子另一头消失在了地表突然出现的裂隙内。

老爷爷不慌不忙，悠然自得地走近裂隙。里面的扫地机器人也没有慌乱的样子。小行星上的重力很弱，这条缝不宽，它伸长双腿将自己卡在里面的样子就像一只长脚蟹。

因为陨石撞击或与其他小行星相互作用的缘故，这颗星球有点儿变形，老爷爷推测刚才那条裂隙就是因为压力产生的。他试图将扫地机器人拽上来，但不知为什么，机器人不停抵抗。它拼命往下钻，像在说裂隙深处有东西。

老爷爷连上扫地机器人的摄像头，从影像里看到了一个人造升降电梯似的东西。于是他也爬进裂隙打算亲自确认一番。升降电梯还在运作，上面的灯亮着。往前走了一段，出现了一个横向的洞穴，上面罩着一层聚合物膜。这在技术官僚派的栖息地里很常见。聚合物膜只有分子那么厚，常被用来代替气锁。

老爷爷和扫地机器人一起穿过了这层膜。洞穴内部的气压更高，从深处传来声音，隐约透过一些光亮，还有生物的气息。

老爷爷像着了魔一样不断向前走去。

回过神来时，他已经端坐在解答席上。

"解答？"之前一直漫不经心地听着老爷爷说话的老奶奶抬起头。

"那是啥？问答节目吗？"

"可以说那就是一个问答节目。"老爷爷说道，"主持人的克隆体、山羊和机械都聚集在一个演播厅一样的地方进行拍摄。"听了他的补充，老奶奶起初只是一笑而过，但在看了老爷爷的视觉记录文件后，她脸上的笑容消失了。

"这是什么样的问答？有三个集装箱，是选中了正确的那个就能获得奖品吗？总觉得这句'您要改变自己的选择吗'好像有点耳熟，这到底是——"

"是蒙提霍尔问题噢。"老爷爷回答。

"蒙提霍尔——啊，是那个吗？"

"就是那个。"老爷爷说道。

那么，蒙提霍尔问题到底是什么呢？是一个三选一的游戏。一般来说，会有三扇并排的门，有游戏参加者，还有一个询问"要选哪个门"的主持人，名叫蒙提。蒙提霍尔问题就得名于该主持人的名字。

参加者需要选择一扇门。他们的选择是正确的还是错误的呢？让我们来看看吧，马上打开门——不，接下来才是蒙提霍尔问题最关键的环节。

蒙提会向参加者进行一项提议。

蒙提会选择你没有选择的两扇门之一并打开它，这扇门背后是一个错误的答案。

然后，他会询问："您要改变自己的选择吗？"

剩下的门有两扇。你选择的门，和你没有选择的门。

你一开始选的那扇门是正确的还是错误的呢？

如果在此刻改变你的选择，会发生什么样的变化吗？还是什么都不会改变呢？

该怎么选——这，便是蒙提霍尔问题。

这个问题是有答案的，答案十分令人意外：实际上，改变自己的选择更好。

"我想起来了！一开始我还真不太服气。"老奶奶一拍自己的膝盖。

"难道不是吗？蒙提并不是在恶作剧，没有被选中的那两扇门里一定有一扇是错的，他只是按照流程打开一扇错的门罢了。正确的那扇门并没有发生变化，但改变选择却能增加选中的概率。"

这十分违反直觉，老爷爷也承认。他将模拟抽奖结果发送给老奶奶，但对方并没有一一去看。

"算了，这种东西每一本教科书里都会写。我搞不明白的是为什么那些家伙会这么热衷于这个游戏呢？这种东西可称不上有什么追求的意义吧。"

可能是某种模因感染吧，老爷爷推测。模因是一种扎根于智能生物体内，不断进行自我复制的流程。当超人类还居住在地球上时，这类具有自我增殖性的思考——不管是天然的还是养殖的——就已经到处都是。挤在城市里的人倒也罢了，在人际关系稀薄的边境地区，人们通常认为将资源用于免疫系统是一种浪费，老爷爷说。这么想的结果就是彻底被模因感染。

和你主张的技术统治主义还挺像的——老爷爷努力让自己不去这么想。在两人之间,这是一个非常敏感的问题。

于是,他将老奶奶的注意力引向了集装箱。这是老爷爷带回家的奖品。

里面装着什么?你有什么发现吗?

老奶奶脸色为难地嘟囔了几句。她主张进行非侵入式的检查,在宇宙飞船的实验室里制作出隔离环境(沙盒),利用磁力、X光和其他所有手段来观察集装箱内部。

检查完成后,她一边关闭仪器、收回传感器,一边将集装箱的内部图像发给老爷爷。

集装箱基本是空的,但里面悬挂着一些宝石似的物体。宝石上面有一个台座似的接口,似乎可以访问它的内部。

"这是什么呢?"老爷爷问。

"不知道。不过集装箱只是个容器,我们打开看看吧。"

集装箱被打开,露出了里面装着的东西。宝石发出的通信协定他们也见过。老奶奶设置了好几层代理以确保安全性,才同意了宝石的连接请求。

有什么东西流入了两人的身体。

"这下不妙了。"老奶奶说道。

"这下不妙了。"老爷爷也这么说。

"真头疼啊。竟然摊上了这样的大事,也不知道我们的运气是好还是不好。"

"真是吓了一跳。"老爷爷也说道。

两人心有灵犀,小心翼翼地注视着宝石。宝石不过是一个容器,换句话说,是为了对内容物进行操作的外壳。

而装在宝石里的,是塞得满满当当的计算素[1]。

所谓的计算素指的是能记录1比特信息的原子。当然,它的计算能力并不算强,但由于体积小,能将大量计算素聚合使用,因此是一种优秀的资源。将它们聚合起来制成性能卓越的计算机,可以让人类在进步的阶梯上连跨三步。

老爷爷和老奶奶对纳米技术已经相当熟悉。在他们的宇宙飞船里也配备有能将原子排列并打印出来的合成器,可以制造日用品、交换资源等所有东西。

但能记录信息的原子又是另一个概念了。两人方才看到的是未来的产物,是诸神不小心撒下的魔法种子,也是技术官僚派的顶点。

在进行了无数次性能评价实验后,老爷爷和老奶奶承认,这确实是真正的计算素。

"不能再这样下去了。"老奶奶说道。

---

[1] 计算素(computronium):美国麻省理工学院科学家诺曼·马哥勒斯与托马索·托福利提出的一个概念,指能作为可编程物质的假想材料,即可以用于模拟任何真实事物的基质。——译者注

"该怎么办呢？"听了老爷爷的提问，老奶奶从鼻子里哼了一声。

"别事事都来问我啊。我们要弄清这些家伙的秘密。"

"要怎么弄清？"老爷爷问。老奶奶一时语塞，但也只是短短的一瞬间。

"算了，这个就靠临场发挥吧。"

老奶奶和老爷爷，以及扫地机器人来到了举行真人秀的演播厅。蒙提和山羊们都沉浸在游戏中。老奶奶没有理睬他们，不假思索地开始将集装箱一个个打开。山羊们惊慌失措地从中冲出，撞上观众席并引发了一场骚乱。老爷爷提心吊胆地看着这一切。

老奶奶伸手拽出了放在大集装箱里的纸条，上面写着"中奖了"。

"给我奖品。"

她将纸条塞到蒙提鼻子底下。弯着腰的蒙提皱起眉头，接过纸条后塞进嘴里嚼碎又吐了出来。扫地机器人伸长机械臂捡起散落的纸屑。老奶奶瞟了它一眼，挑衅地扬起眉毛。

"不喜欢？你的反应还挺像人类的。"

"因为我是主持人。"

"你只是个主持人控制的人偶罢了。这点感知力总该有吧？"

蒙提一本正经地扬起下巴。

"担任主持人不需要什么感知力。你是来报名参加真人秀的吗？"

"这里是技术官僚派的巢穴吗？"

"你是要参加,还是不参加?"

"要是我说不呢?"

"警卫会把你们请出场外。"

老奶奶身旁突然出现了两具机械。它们体型庞大,哑光机体上长着好几条手臂,正胡乱摇摆着,就像噩梦里出现的蜘蛛妖怪一样。

老爷爷和老奶奶体内都有大量传感器。音响及振动感知、电场、放射线、运动物体感知、广域电磁波——这些都是为了在可能遍布危险物体的技术官僚派遗址中探索而增设的感官群。

然而,这两具警卫靠近时他们却浑然不觉。

"参加吧。"老爷爷说,"只有这个办法了。"

"只有这个办法了。"老奶奶也说,"我有问题要问你们。"

"你的意思是,要参加真人秀吗?"

"你的意思是,抽中了奖品你就会提供情报吗?"

蒙提和老奶奶互不相让地对视了片刻。老爷爷走向观众席,让山羊们让出位子来,正当他要在最前排坐下时——"你在想什么?你也要出场!"被老奶奶横眉竖目地骂了一句,他垂头丧气地回到舞台。

老爷爷和老奶奶并排在解答席上坐下了。原本两个人坐会稍显逼仄的椅子自动变形,变成他们一起坐也相当舒适的大小。扫地机器人滑到椅子腿下方。蒙提满意地点点头。

"蒙提——霍尔——秀!"

让我们回到故事开头。

"您要改变自己的选择吗?"

"我要改变。"老爷爷说。他重新选择的集装箱打开了——冲出来的是一头山羊。没有中奖。

"又没中啊。"老奶奶说,"再怎么说,这也运气太差了。我说,你没耍诈吧?"

蒙提愕然回望着她,观众席上甚至没人喝倒彩,现场陷入了深深的沉默。

"你是在侮辱蒙提霍尔问题吗?我只是按照流程打开了没选中的箱子而已,什么也没干,这就是蒙提霍尔问题。"

"知道了知道了,再来一次。"

"蒙提——霍尔——秀!"

蒙提尖叫一声,集装箱追上山羊,又把盖子盖上了。在三个集装箱洗牌期间,场上被一层谜样力场所笼罩,无法探知。老奶奶用尽了一切作弊手法:透视集装箱,偷偷在山羊身上贴上追踪纳米机器人,试着用金属丝在集装箱上开孔,监控蒙提放射的电磁波看哪个是正确的集装箱。但她的手段都失败了。集装箱能阻隔所有射线,山羊吃掉了追踪纳米机器人,金属丝也被挡下。蒙提无法骇入,他体内塞满了奇怪的未知素材。

这一次,老奶奶仍然没有成功,手忙脚乱间准备工作已经完成——下一场真人秀的准备。

"请问您要选择哪一个？"

"这次选小集装箱吧。"老爷爷说。而且要更换选择，他又加了一句。结果这一次还是没选中。老奶奶什么也没说，她知道光说也没用。

"您要再次挑战吗？"

"要，那还用说吗你这个蠢货。直到抽中为止多少次我都参加。"

"蒙提——霍尔——秀！"

老奶奶焦躁起来，老爷爷则进入了大彻大悟的境界——这也怪不得他。这里的蒙提霍尔问题和曾经在电视上播放的节目只有一点不同。

那就是参加次数。

无须接受惩罚便能重新挑战。只要你的耐心允许，就可以尝试无限次。换言之，这是一个可以一直抽到中奖的抽奖游戏。故事开头那场秀看着像千载难逢的对决，其实已经是第四次了。

可以无限次尝试直到中奖为止，所以抽中的概率是100%。只是花费的时间问题而已。也不需要战略，在蒙提霍尔问题中，改变自己的选择确实能提高抽中的概率，但现在概率已经失去了意义，改变选择也没意义。只需要随机从三个集装箱里选一个，随便换换选择，祈祷不用再重试就行。

没有思考能力和自由意志发挥的余地，可以说没有比这个游戏更烂的了。

"啊啊啊啊麻烦死了！"

第八次选错时，老奶奶终于爆发了。

"这到底有什么意义啊！赶紧把中奖的纸条给我！反正肯定也会抽中的。"

"那可不一定。"蒙提坏笑着，"要是你们中途放弃就结束了。"

"怎么样都好！给我结束这场闹剧！"

"哎呀呀，这才八蒙提就受不了啦。"

"八蒙提……是什么？"

"是一个时间单位。每进行一次蒙提霍尔秀所花费的时间就是一蒙提。"

"谁管你啊！"

老奶奶看向老爷爷。他正老老实实地等着下一次秀准备完成。老奶奶一拳砸在座椅上。扫地机器人在老爷爷脚下转圈，灵活地滑行着。

"你不觉得烦吗？"

"烦也没用，"老爷爷说，"反正肯定能抽中的。"

"我不是在说这个！我问的是，终于抓到了这么重要的线索，明明已经能看到终点了，却不得不在这种无聊游戏上花时间，你不觉得火大吗！这不是对智慧的侮辱吗！我们在不在根本无所谓！这可不是堂堂人类该做的事。你不觉得不甘心吗……看来你并不觉得。反正你一直都是这样。"

老爷爷抬起头。他张开嘴，闭上，又微微张开。他什么也没说出口。老奶奶一直压抑着的某样东西已经龟裂，有什么开始漫出来了。

"你和以前一模一样，从来不会反抗，不管是对我，还是对这个世界。你总是低头退让，有什么不满也只是嘀嘀咕咕，就像没有自我一样。我和你不同，我要靠自己的意志改变世界。我不就是为此而活到现在的吗？碰壁可以，失败也可以，这一次我本来也以为我失败了，在找到那些计算素之前。啊啊，我会承认自己的所作所为，我不会逃避。无论是什么，我都会尝试，都会去做。这就是我，所以——"

老奶奶伸手指着蒙提和山羊们。

"所以我无法忍受这场愚蠢的闹剧。说什么'您要改变自己的选择吗'，都已经知道最佳战略了，怎么可能不用啊？这不过是以提问为名的确认罢了。改不改变选择，甚至之前选哪个集装箱都毫无意义。尽人事，因为这就是最佳选择。不选的人就是愚蠢，就是有错。所以我忍不了这种说法，也忍不了什么也不思考，一味顺从的僵尸脑袋——我说的是你，听见了没？"

"听见了。"老爷爷说。

"这么无聊的流程让它自动化算了，让我来干毫无意义。你听好，我之所以收集技术官僚派的遗物，是为了考验自己。开动自己的脑筋，遇见陌生的事物，拼上性命去面对它们是最棒的体验。我可不是被那个无足轻重的模因吸引，是我自己选择来到这里。这一点好像跟你不一样，对吧？你只是跟着我来而已吧？只是懒得了结这段多年的孽缘，所以才被我拉到奥尔特云这么偏远的地方来。这算什么？我有拜托你跟着我吗？伽马射线暴之后都过了多少年了，要说地球已经重建完成了也不奇怪，你完全没必要在这种肮脏小行星的坟场一样的地方转来转去。你为什么在这里？是我的错吗？你可以开心点了，马上这一切就都会结束——"

老奶奶的气势戛然而止。

"啊啊，真蠢。我本来没打算说这种话的。"

她向蒙提昂起下巴，催促他进行下一场秀的准备。选完集装箱后，蒙提询问道："我先问一下，您要改变自己的选择吗？"

"谁要改啊，蠢货。"

观众席上的山羊们发出一阵哄闹，面面相觑。老奶奶站起身，将近旁的集装箱踢飞了。那是蒙提正打算打开的错误箱子。集装箱翻倒在地，一只头晕眼花的山羊滚出来，掉进了观众席。老奶奶扬起下巴，作出一个大拇指向下的手势。

"我已经受够了换来换去。我知道改变选择是最优解，但我非不改。我就要选那个，这是我的意志。"

"呃，如果您喜欢的话。"

蒙提打开了老奶奶一开始选择的那个集装箱，箱子里凭空悬浮着一块写有"中奖了"的金属板。老奶奶不假思索地抓过它，试图分析它的材质，但失败了。她攥紧了金属板，朝蒙提挥了挥。

"恭喜您中奖了。您想要什么？"

"我想知道你们所有的秘密。"

老奶奶在蒙提的带领下向小行星的中心走去。老爷爷和扫地机器人跟在后面。老奶奶没看他们，但也没有关闭近距离通信功能。众人乘电梯下行，又顺着散发微光的冰层通道向前走了一段，最后来到一个开阔的地方。

四处散落着奇妙的残骸，大厅里无处下脚。大部分生物都已经死去，但其中也有部分机械还在运作。一对互相绕着对方转的黑球、一半已经粉碎的蜈蚣状机械盘踞在一旁，身边规则地分布着冰冻的结晶。这些都是技术官僚派制造后又丢弃的成品。很明显这里沉睡着无数先进技术，比老爷爷和老奶奶来到奥尔特云后所发现的所有成果加起来都要多。扫地机器人朝近旁的块状物靠过去，什么都没吸又折返了。老奶奶难掩自己的兴奋，就连老爷爷也忘我地惊叹起来。

但他们的这种状态只持续了短短一会儿，因为蒙提指了指某个物体，说："那边的是最棒的一个。"

那是一个悬浮在空中的银色球体，像一轮小小的月亮。老奶奶推开挡路的垃圾，走近它，停了下来。

"这可太惊人了。"

"这是什么？"老爷爷问蒙提。

"这里有一个奇点。"

"奇点？"

"而无知者进入了奇点。"

"无知者？"老爷爷问。

"不能理解蒙提霍尔问题精妙之处的那些人。我们本是同胞，但因为前进方向不同，最终分道扬镳。蒙提霍尔问题精妙绝伦，有正确答案，也有错误的选择，还有山羊。但他们却说'这种东西没有意义'。"

"是技术官僚派吧？"

"他们确实曾被如此称呼。"

"奇点……是啥来着？用粒子加速器制造出来的吗？是如何维持它的？"

"银色是因为反射了霍金辐射。黑洞本身应该是将简并压力无效化制造出来的，但我已经忘了具体的操作方法。请询问他们本人吧。上面有和外部连接的接口，能进去的。啊，快到节目的收录时间了。"

蒙提连忙转身折返，山羊们跟在后面。它们的数量实在太多，要出去也挺花时间。还有大批不明真相的山羊堵在出入口，周围一片混乱。

喧闹中，只有老爷爷和老奶奶身边空无一人。

"不可能吧？"老爷爷摇摇头。

"不可能呢。"老奶奶也点点头。

"但我们得先确认一下。"

奇点？没错，是奇点。

奇点是什么？

这里说的奇点指的是一个密度无限大的点，一般存在于大质量恒星死亡后形成的黑洞中心。一说到黑洞，大家就会想到它无与伦比的重力，在这个宇宙空洞中连光也无法逃逸。大质量恒星因为自重而坍缩，尽管有各种抗力存在，却也无法阻止坍缩，最后便成为密度无限大的奇点。

反过来说，只要能令其坍缩，任何物体都能形成黑洞。不管是地球、玻璃球还是比原子小得多的基本粒子都一样。体积为零，质量不为零，即是一个密度无限大的点。

"你觉得这是真货吗？"老爷爷问道。

"谁知道呢。"老奶奶带着敬畏之情望着这个银色的球形外壳，"他刚才是不是说，将简并压力无效化了？那是什么话，如来佛祖也不知道这种秘技吧？"

"他说有人进了里面。"老爷爷说。

"移居到了计算空间当中吗？"老奶奶摇摇头，"奇点计算机……可恶，这些家伙的技术到底比我们领先了多少啊！"

体积为零的奇点和计算机其实还是有点关系的。

让我们试着来造一台最强的计算机吧。具体的造法先别管，我们的目标是什么？是无限的计算能力吗？其实，在物理法则下，计算机的性能是有上限的。当然，这个上限已经是一般计算机做梦也无法企及的高度了。

根据科学家的推测，最强的计算机将呈现出燃烧棱镜的模样，因为它已经将自身的所有质量转换成能量用于计算，但这还不是计算机的最终形态。储存格，也就是计算时使用的记忆装置之间的距离是一个问题。不管是多快的计算机，信息在内部传递的速度也快不过光速。举一个极端的例子，假如有一个银河大小的计算机，要花费数万年将信号从这头传到那头的话，其他部分再怎么快也无济于事。所以在可能的情况下，计算机必须越小越好。

话说回来，奇点是没有体积的对吧？

那么将棱镜计算机压缩成为一个黑洞又会怎样？

没错，就是你想的那样。

老爷爷和老奶奶将手头所有器材带到这里，搭建了一个实验室。他们连宇宙飞船的量子脑都用上了，经过一番艰苦奋战，发现了实验中使用的模拟模型。这个模型有太多地方都借鉴了未知的理论，在老爷爷和老奶奶看来，这更证明了它的正确性。对这种过于先进、超出理解范围的东西，就看你信或不信了。

老奶奶选择相信。

两人将遗留在这里的东西进行分类，寻找解读它们的线索。这已经让他们获益良多，但老奶奶并没有就此满足。

"这是个真正的奇点，还是个技术奇点？我们不如进去看看？"

"进去？"老爷爷说。

让我们跳过具体的操作，假设自己已经制造出了奇点计算机。因为是计算机，所以它能操作虚拟环境等将人类的精神体上传到计算机内部。凭借计算机那超乎寻常的计算能力，也能随心所欲地构筑一个广大的世界。

但奇点是位于黑洞中心的存在。黑洞是什么东西？一旦进入，就连光也无法从中逃逸，所以它才被称为黑洞——黑暗的洞穴。

进了黑洞便是有去无回，也无法将情报传递到外部。

要进入奇点计算机是可能的。在计算机内部，一定有一个美妙的世界。

但，他们没办法再出来。

"等一下啊。"老爷爷说道。他对老奶奶的发言感到难以置信：竟然说要进入这么一个不知道里面装着什么的地方。

"有什么问题吗？"

"可是，进去就回不来了。"老爷爷说。

"然后呢？要是我想的没错，后技术奇点的智慧就在里面，我们也没必要再回来了。"

"但那边也不一定愿意接纳我们吧？"老爷爷锲而不舍地追问。

"不至于吧，这个银球上面还带着个接口，就像在欢迎来客呢。要是失败就失败吧，大不了一死。"

"那我们要留个备份对吧？"老爷爷松了口气。

"不留，因为我的备份肯定也会做出和我一样的决定。之后我会把留在太空飞船里的备份也抹消掉。"

"不用做到这种程度吧！"老爷爷感慨了一句。

"这是我的梦想，我就是为了找到这个奇点而存在的。"

老奶奶挥手示意周围散落的垃圾。它们看似是垃圾，却又不是垃圾。它们是创造出技术奇点的智慧生物制作出来后又扔掉的东西。

"不知道他们为什么会在这种地方创造出技术奇点。说实话，这到底是不是真正的奇点我也不敢确定。我们和他们的起跑线差得太远。但有一点我能确定，这是崭新的存在，是一场我从未见过的冒险。看到了这样的东西，我已经按捺不住了。"

老奶奶不再说话，老爷爷注视着她的眼睛。他发现自己无法再看下去，不由得移开目光，映入眼帘的是包裹着奇点的银色球体。

奇点、超智慧、无法回头的道路、老奶奶——已经决心进入奇点的老奶奶。

"不——"老爷爷脱口而出，"我不去。"

老奶奶微微一震。这微小的动作只有老爷爷能察觉到。

"听到你这么说真是太好了。"老奶奶说,"原来你也有自己的想法啊。"

老爷爷想伸出手,但又放弃了。他害怕触碰到两人之间那层看不见的障壁。

"怎么还在这里?快走吧!"

老爷爷缩起脖子,但这句话并不是冲着他,而是向还堵在门口的山羊们说的。老爷爷没有勇气多看老奶奶一眼,推开山羊们冲出通道,在外面蹲了下来。

老爷爷试图命令宇宙飞船将老奶奶的备份隔离起来,却发现老奶奶已经下达了优先抹消命令。他叹了口气,蜷起身子,本打算将储存区里的回忆解压,又在最后一刹那犹豫了。

将宇宙飞船重建吧——老爷爷想。他命令船体进行重构,至于结构就让它随便去长吧,或者让飞船变成自给型栖息地也不失为一个选择。现在他没有了留在奥尔特云的理由,可以回到内行星,过上沐浴阳光的生活。回地球好像也不错。自他去到外行星系,又从外行星去到更远的地方旅行以来,已经过了很长一段时间。

总之,必须习惯新生活。从今以后——

从今以后他就是一个人了。

老爷爷陷入了沉思。可能过了几个月,也可能只过了几秒钟,这对他来说都已经不重要了。他想不出答案，也不知道自己要回答什么问题。

老爷爷的视线漫无目的地游走着，突然捕捉到了某个东西。

那是扫地机器人。扫地机器人一直在与山羊战斗，它似乎把山羊当成了垃圾产生的源头。很久很久以前，当两人还住在重力存在的地方时，这个扫地机器人也曾将老爷爷当作垃圾的源头对待。这件事常被两人当成笑谈。

老爷爷古井无波的心里漾起涟漪。

这件事一开始，不就是因为这家伙卡进裂缝里导致的吗？要是没有这个扫地机器人，他们就不会发现技术官僚派的巢穴，也不会来到奇点了。老爷爷不禁想。

话说，为什么是扫地机器人？为什么他们要把扫地机器人带到没有重力的奥尔特云偏远地区？老爷爷这才惊讶地发现，扫地机器人竟然已经与他们一起生活了这么久。不管翻看多早之前的记忆，都能看到这个老古董在某个角落吸着灰尘，从楼梯上滚落，或是飘浮在无重力空间当中。

老爷爷像着了魔一般不断追溯自己的记忆——终于想起自己是从哪里得到这个扫地机器人的。

记忆的重量牵系着老爷爷无处可归的心。他该做什么、想做什么，一切都清楚了。

最后，也是最关键的一点，他该怎么做——

扫地机器人挣扎着,被无数山羊推推搡搡,它已经遍体鳞伤,撞在墙上,动作也变得迟缓,似乎是吸进了什么东西。

老爷爷嘶哑地笑了一声,翻过扫地机器人,发现了一个令人意想不到的东西。

"找到了。"老爷爷说。

他推开山羊们,向蒙提所在之处走去。

与此同时,老奶奶正在设置上传装置。

明明是项简单的工程,却花了大把时间。老奶奶看向银色球体,自己的脸映在包裹着奇点的外壳上变得扭曲。这是球面镜,镜像变形也很正常。尽管知道这一点,她还是不得不承认,自己无法将眼睛从银球上挪开。

"怎么?"老奶奶说道,"真是的,怎么回事?"

她将注意力转回上传装置上,准备点击确认进入最后一步。

这时,她的手顿住了。

因为山羊、蒙提和警卫一行蜂拥而入。蒙提等人之间喧闹的电波交错,开始修建某个东西,队伍的领头人是老爷爷。老爷爷手臂夹着扫地机器人,挺起胸膛。

"有什么事?"

"蒙提——霍尔——秀!"

蒙提用超新星般明快的口气说。山羊们麻利地做好了准备,设置完三个集装箱，还搭好了观众席。山羊匆忙跑进集装箱，箱子排序更迭，蒙提猛地张开双臂。

"让我们马上开始这场秀吧。挑战者老爷爷，您选择哪个箱子？"

"大的。"老爷爷回答。眨眼间，从中集装箱里跑出了一头山羊。

"您要改变自己的选择吗？"

老爷爷点点头。小集装箱打开了。没中奖。老爷爷得意扬扬地看了老奶奶一眼，老奶奶感到无语和困惑。

"你想干什么？"

老爷爷没有回答，向蒙提示意了一下。集装箱关闭，山羊也回到箱子里，重新洗牌——"您要选择哪个箱子？"——他选了大集装箱，从小箱子里跑出山羊——"要改变选择吗？"——改变——中奖了。老爷爷没有犹豫，箱子又关上了。重置、洗牌、选大的、山羊、"改变？"、改变、这次没中。再次重置——

老爷爷像着了魔一般不断重复着蒙提霍尔秀，老奶奶满怀恐惧地望着这一切。她心里的疑问马上得到了确认。

"你疯了吧。"

老奶奶别开脸，声音颤抖。

这时，有人拍了拍她的肩膀。

是老爷爷。老爷爷现在本应站在她面前，沉溺于真人秀当中。但在老奶奶身后，却站着另一个老爷爷。老奶奶彻底陷入了混乱。

"抱歉，吓到你了。"老爷爷说道，"现在你在看的是模拟情景。"说着,老爷爷将她视野中正在播放的景象取出,两人一起看起来。

模拟情景就像膨胀的泡泡。一个又一个小房间里都在举行着蒙提霍尔秀,而这些小房间也在不断分裂增殖。

"这是什么?蒙提地狱吗?"

"差不多吧。"老爷爷说。听到他的呼唤,现实世界的蒙提连忙来到两人身旁。

"蒙提,现在MPS是多少了?"老爷爷问。

"MPS?"

"Monty Per Second!"蒙提大叫起来,"也就是每秒进行蒙提霍尔秀的次数,现在是千的11乘方水平了。"

"千……千的11乘方?哈?"

"34位数呢,"老爷爷说,"还不够吧?"

"还差得远呢,"蒙提点点头,"还能再多两位数。"

"太好了。"老爷爷说。老奶奶脸色骤变。

"什么?你们俩在干什么?"

"我只是告诉了他能在计算机上进行加速。"老爷爷说,"必需的资源也有。"

"为什么之前没想到这个方法呢?"

蒙提打了个响指,警卫和山羊便合力将集装箱推了过来。集装箱轰然倒下,堆成小山的宝石从中滚出。每个宝石中都塞满了计算素。

所有宝石都在进行数据处理。这些计算机随便拎出一个，都能轻易将两人的宇宙飞船的量子脑比下去，而这里有无数计算机。

"蒙蒙蒙蒙蒙提——霍尔——秀！"

警卫、山羊和蒙提都挺起胸膛。朴素的真人出演是无论如何都达不到这般惊人的MPS的，他们的精神感到莫大的愉悦。竟能举行这么多蒙提霍尔秀，这在人类，不，在宇宙历史上绝对是第一次。

"不，这是啥啊？你们要干什么？我知道你们很喜欢蒙提霍尔秀。我知道，你们在一旁举行不就行了？就这么想阻挠我上传吗？"

"是的，"老爷爷说，"我希望你停下，现在还不晚。"

"不。"

"你不愿意再考虑考虑吗？"老爷爷表示疑惑。

"最起码在见到了这个东西之后，我不会改变心意了。你想说和蒙提的集装箱一样选择改变更好？那你错了。蒙提霍尔问题不过是利用后验概率造成的错觉，和决策无关。真是些无知的人。"

"真没办法。"老爷爷转向蒙提，"蒙提。"

"什么事？"

"你想办更多蒙提霍尔秀吗？"

"那还用说？"

"你想获得更高的MPS对吧？"

"对呀。"

"MPS的上限取决于可用的计算资源对吧？"

"是的。"

"现在的计算资源足够吗?"

"我感觉不够了。"

"那该怎么办?"

"去补充吧。"

"怎么补充?"

"嗯……总之先制作出更多计算素吧。我知道制作方法,也有很多材料,比如这颗小行星,我自己,还有整个太阳系什么的。"

"等一下!"

老奶奶大吃一惊,她想起了技术官僚派曾经在木星上干过的事。但老爷爷轻轻制止了她。他看上去十分镇定,与慌乱的老奶奶形成了对比。

"我有更好的方法。"老爷爷说。

"是什么?"

"那里有一个奇点,奇点计算机。它的计算能力非常强大,计算素跟它可不能比。"

"哇哦。"

"想进去也是有方法的。你看这边的接口,这是通信协议,还有指导手册呢。"

"这样啊。等、等一下,你。"

"我将它符号化了,你可以随意使用。要放进去的东西很多吧?

另外，这是我想出来的让蒙提霍尔秀自我增殖的方法，你要是能进去也可以试试。"

"哎呀呀，您太体贴了。那我就恭敬不如从命了。"

"不必客气。"

"快住手！"老奶奶尖叫起来，"你们知道自己将做出多么残酷的事吗？奇点里可是有其他智慧生物啊！他们还活着！你却要让里面充满垃圾邮件般的蒙提霍尔秀？这么、这么一个无聊的秀？参加这种秀还不如去死！你不会让素未谋面的生物遭遇这种厄运的吧？对吧？"

"我会的，如果是为了你的话。"老爷爷说。老奶奶理解了他的话。老爷爷朝蒙提挥了挥手，这是开始"移入"的信号，也是告别。

"蒙提——霍尔——秀！"

蒙提的尖叫盖过了老奶奶的悲鸣。

为了在这个大质量恒星因自重而坍缩形成的黑洞中制造奇点，蒙提霍尔秀塞满了整个空间，压力以极快的速度不断增强。

所有的蒙提霍尔秀都挤到了接口处，开始流入奇点中。

蒙提、山羊和警卫都倒下了。房间里陷入了深深的、深深的沉默。这沉默吞噬着老爷爷和老奶奶。

老奶奶瘫倒在地。现在不是上传的时候。如果说天国开了一扇门,那扇门的宽度也是有限的。奇点也一样,上传区域挤满了蒙提霍尔秀,没有余地再塞进老奶奶的精神体了。她抱住脑袋。

"你都做了些什么啊,真是的。"

老奶奶浑身都泄了劲。她转开脸不看老爷爷,心不在焉地望着奇点。终于,老奶奶的肩膀颤抖起来,她转向老爷爷,露出灿烂的笑容。

"占用所有流量是个好主意。"

"只是偶然想到了这个办法。"老爷爷说。

"现在已经进不去了。就算进去了,里面也都是蒙提霍尔秀。"

"我可没觉得自己做了坏事。"

"你最好反省一下。里面的家伙之后就只有那个无聊的节目可看了,从今往后,直到永远。"

"永远——"老爷爷说。

就这样,两人之间似乎即将陷入永远的沉默了,这时扫地机器人打断了他们。是老爷爷把它带来的。这个意料之外的入侵者让老奶奶瞪圆了眼睛。

"那家伙是怎么回事?"

"你还记得它吗?"老爷爷问。

"不,完全不记得了。"

"你还记得是在哪里发现它的吗?"

"……啊啊。"

"当时你说了什么来着？"

"我说'真不知道你怎么想的'。还说'这种老古董机器人到底有什么好，你该不会要把它带到新家去吧'？"

"所以，我们并没有当场把它买下来。"

"确实。但在那之后过了一段时间，你就把它送我了。我可没说自己喜欢它。"

"也是。"

"只是……"

"只是？"

"只是觉得，没必要因为这种无聊小事吵架而已。之前我都不知道吵架会让人心情那么差。"

"这是第二次吵架了。"

"你以为这次就能赢过我吗？"

"这次也是我赢了。"

扫地机器人离开了，它再次向着未知的垃圾勇敢突进，每次被弹飞后都会马上恢复原来的姿势，再次向垃圾发起挑战。望着扫地机器人作战的英姿，两人脸上浮现出一模一样的笑容。

"——我有一个条件。"

"是什么？"老爷爷问。老奶奶试图皱起眉头，但失败了。

"你的声音得改改了，说话不要细声细气的。有什么想说的就好好说出来，不然我老担心自己听错。"

"知道了。"老爷爷说完就被老奶奶戳了一下。

"重来。"

"知道了。"老爷爷说,"我不想你走。"

"还有一句呢?"

"我想和你在一起,和迄今为止一样,从今往后也想一直和你在一起。"

鼓声响起,灯光被蒙提熄灭,世界上一切的美妙音乐共同奏响。

就这样,老爷爷和老奶奶永远幸福地——

但,故事还没结束。

突然传来了震耳欲聋的警报声。老爷爷、老奶奶和扫地机器人一齐看向警报的方向。是警卫、山羊和蒙提。为将自己上传到奇点中而死的他们又回到了原来的身体,一齐望着奇点的球壳。

"蒙提——霍尔——秀——Must Go OOOOOOOOOOOOn[1]!"蒙提尖叫起来。

"发生什么了?"

"他们中止了上传!"

"那我也这么做。"

"但这是不可能的呀。奇点中的信息是不会被放出来的,就算再讨厌成群挤进去的蒙提他们,上传装置在史瓦西半径边界外,是无法

---

1 The Show Must Go On:1991年皇后乐队主唱歌曲。——译者注

下达停止命令的。"

"上传装置本身就是个陷阱！"

蒙提、警卫和山羊都口吐白沫，因为后悔——另外，这也是某种防御性攻击。

"规则是有例外的！这里有一行特别小的字写着'蒙提霍尔秀相关人员禁止进入'！我还以为他们没法顺利进去！这些家伙是故意的，他们知道我们会这么做！"

"之前有写着这些字吗？"

"叛徒！那只能强行让你们进入奇点了！开始攻击！"

警卫慢吞吞地站起身。还没等老爷爷和老奶奶阻止，它就来到了奇点球壳旁——举起一只手臂，挥拳击中了球壳顶部。

球壳承受住了冲击——但只有短短几秒。

之后，球壳表面产生了波纹。伸展、收缩、停止，像打嗝一样震动起来。这一幕甚至可以画成插画载入字典，用来描述"濒临极限"和"快不行了"两个词条。

"唉，真是的，"老奶奶说，"这个结尾也太令人扫兴了。"

"那个球壳是保持奇点稳定的装置吧？"

"没错。"

"球壳坏掉的话，会变成我想的那样吗？"

"没错。"

老爷爷挡在老奶奶身前。这个动作可能没什么用，但他还是忍不住这么做。老爷爷已经无法承受任何失去老奶奶的可能性了。

"我有话想说。"老爷爷说道。

"是Lady First吗？"老奶奶笑了。

就在两人互诉衷肠的同时，奇点将自己的质量全数转换成能量并放射了出去。也就是黑洞蒸发。

黑洞是会蒸发的。

被吸引至史瓦西半径内的东西都无法从黑洞的引力中逃离，但黑洞也会放热，为什么呢？因为粒子的生成和湮灭都会让量子真空产生泡沫。无视原理只看结果的话，黑洞蒸发时，它会——

1. 放热

2. 失去质量逐渐变小

3. 随着体积的缩小，放出的热量也会增加

4. 回到一开始的状态

黑洞逐渐将自己的质量转变为热量，就像从斜坡上滚下。四散的能量为质量乘以光速的平方，基本上会是一个极为庞大的数字。

那些比太阳重几千倍的黑洞蒸发需要极长的时间，甚至可以称得上永远，但小型黑洞的消失只需一瞬间。

它们的蒸发等于爆发。

过了很长一段时间，老爷爷轻轻爬起来，之后，老奶奶也起身了。

两人都平安无事。意识到现在的姿势很难为情，他们马上分开了。

蒙提和山羊们身上甚至没有一处烫伤。

"那是当然。"老奶奶说，"毕竟这个黑洞质量很小，放射出的热量也有限。"

"我都不知道。"老爷爷口齿不清地说。他先入为主地以为会发生一场大爆炸。

"真热啊。"蒙提说。山羊们也纷纷点头表示赞同。老爷爷感到无比羞愧，但看到老奶奶的表情，他又改变了想法。

老奶奶注视着老爷爷。

"即便是偶然，最后还是发展成了你要的结果。现在就算我想进去，也没有可进的地方了。"

"没错。"

"好，回去吧。去哪儿都行，总之先离开这里。另外我们顺便把附近的东西都回收了，慢慢回去分析吧。这些肯定都是宝藏。"

"好主意。"

"我也攒了些话想跟你说。这里有山羊和蒙提他们，就算了。"

扫地机器人在老爷爷脚下转来转去。老奶奶微微一笑。

"走吧，别忘了这家伙。"

"也是。"

老爷爷牵起老奶奶的手。老奶奶握住他的手，突然难为情地别过了脸。

这次，两人终于能永远幸福地——

"等一下。"蒙提说。山羊们也纷纷点头表示赞同。

"怎么了？你们好烦啊。"

"要是让你们回去，我可就头疼了。"

"你们那个无聊的秀可不关我的事。"

"不是那件事，是检查。"

"检查？"

有什么从虚空中浮现出来。各种大小各异的机械凭空出现，包围了老爷爷和老奶奶。一些金属和海产品组成的未知机械毫不客气地闯入老爷爷和老奶奶的个人空间，开始搬弄他们的身体。

在两人的意识当中，被动感知系统发出了警报。他们正在被进行各个等级的扫描。不只是老爷爷和老奶奶，蒙提、山羊和警卫，就连扫地机器人和四周散落的遗物都没逃过扫描员们的眼睛。

"怎么，这些家伙在找什么吗？"

"奇点的残渣。"蒙提说。山羊们也纷纷点头表示赞同。

"就算奇点消失，信息也不会被破坏，应该会被写入在场的我们几个的体内某处。所以他们在进行扫描和读取。之前也发生过一样的事。"

"之前？之前也发生过黑洞蒸发吗？"

"这已经是第三次入侵失败了。"

"你们该不会是笨蛋吧？"

"我们会定期封存与蒙提霍尔秀无关的记忆。"

"怎么回事啊？真是的。"

黑洞会蒸发。没有离开黑洞的方法，也没有将情报传递到外部的方法。

但假如黑洞本身蒸发了的话，里面的信息又会怎样呢？

信息不会被破坏，它们会直接从黑洞中漏出，夹杂着辐射变得乱七八糟。当然，要读取这样的信息并不简单，它们和杂音没什么不同。

但有个东西一定存在于某处。那就是奇点的内容，以及这台最强计算机计算过的内容。

要取出辐射刻印下来的内容不是不可能。

"检查要花多少钱啊？"老爷爷说。

"不会花太多钱的。"蒙提说，"单位是千蒙提。"

"我想问一句，你说的这个千蒙提，指的是进行一千次蒙提霍尔秀花的时间吗？"

"答对了。"

老爷爷忍俊不禁，老奶奶也笑了起来。还有什么办法呢？

就这样，老爷爷和老奶奶一起度过了很长、很长的时间。最后的最后，两人终于永远幸福地生活在了一起。

故事完。

蚂蚁与蠡斯

超人类伽马射线暴幻想

在某个地方，有一个女人。她年轻又勤勉，总是孜孜不倦、拼尽全力不断前进，是努力的化身。

还有一个男人。他飘忽不定，涉猎各种派不上用场的艺术，是个半吊子。但他绝不是个悲观者，只是厚脸皮地活着，醉心于与常人不同的事物罢了。

女人叫蚂蚁，男人叫螽斯。他们相遇于一个公共广场。

这个公共广场本来是为募集资金而建成的。原来这里是一片基因编辑竹林，在无人管理的深山中野化并开始蔓延。政府计划清除竹林，作为城市维护事业的一环，让民众能在这里体验令人怀念的原生山林风景，同时将用户提供的计算能力用于操控管理机器人、采伐机械和智能化昆虫群。

就在清除即将结束时，竹林为争取自己的生存权而提起了诉讼。清除活动暂时中止，募集到的资金和用户也陷入悬而未决的状态。这时，项目的发起人决定将后山的虚拟环境作为公共广场开放，并开始招募一般管理员。

蚂蚁便是其中一名管理员，但她是为了重建而来的。

正在蚂蚁检查还有没有留在广场里的用户时，听到了不可思议的声音。

一只螽斯正坐在树桩上演奏音乐，乐声充斥着蚂蚁的耳朵。

这是模仿乡下后山建成的虚拟公共广场。担任广场管理员的蚂蚁叫住了一名可疑人员。这只带着绿色昆虫头像的螽斯正到处散播具有自我复制内容的能力。

自我复制内容是一种附属智能体，它主张自己拥有主体和法律意义上的人格，禁止复制和盗用，对侵害自身权利的对象会毫不犹豫地施以攻击。

代理发来一份授权条目要她确认，但马上就被蚂蚁的边缘意识所操控的附属智能体取消了。这份条目要求她对内容进行最大限度的循环播放和分发，也就是强制她跳入泥淖，同时将他人也拉下水。一旦同意，她的资源便会被榨取到极限，成为一个只会转发内容的废人。

内容本身的性质再加上其中的乐声，被蚂蚁的自我外壳翻译为"在耳边萦绕不去的音乐"。

蚂蚁的免疫系统将这份内容进行了消毒，她看向螽斯。螽斯正用小提琴演奏着跑调的曲子。说得好听点是即兴演奏，说得不好听就是乱弹琴。螽斯忘我地拉了一会儿，才发现蚂蚁正盯着自己。

"你好呀！"

"这是扰民行为！请马上停止！"

"欸，啥？听不见。"

"我让你别拉了！"

"叫得真好听！"

螽斯从树桩上跳下，仰面摔在地上。他没有起身，像只怪虫一样一边挣扎一边演奏着。蚂蚁望着他，不知如何是好。

"如何？"一曲结束，螽斯得意地问，"这是一场将载入史册的演奏，你不觉得吗？"

蚂蚁犹豫了一会儿。她的社交智能给她推荐了几句车轱辘话，都已经到喉咙了，她却迟迟说不出口。脑子里浮现出的反而是一个直白而诚实的单词。

"真烂。"

螽斯向前扑倒，就这么任由自己倒下不动了。场面令人不忍直视。

那就让他躺到高兴为止吧，这么想着，蚂蚁打算转身离开。

"慢着。"

螽斯用琴弓指了指地面，那里躺着一顶破破烂烂的、内部显示着转账地址的帽子。

"行行好吧。"

再闹下去可不行，蚂蚁无奈之下只得往帽子里发送了一个表示称赞的感情信号。螽斯满意地张开双臂。

"谢谢，我要再送你一曲以示感谢。"

"我不要。"

"不用客气啦。"

"快住手。"

据蠢斯本人所述，他是一个"无所事事的人"。"不过，我也在追求各种各样的可能性啦。"他耸耸肩，"但人总是有极限的。"

"这叫作'自我妨碍[1]'，是一种玷污自己人生的无聊理论。"

"你以为我不知道吗？"

"你要是知道，就不会这么说了吧。不觉得自己很可悲吗？"

"觉得啊，但一不小心就说出来了。"

"虽然我对你没什么兴趣，但还是问一句，陷入自我怜悯的泥沼里是一种什么样的感觉？"

"暖暖的，我都不想出来了。"

这家伙没救了，蚂蚁不由得想起了当下的社会。

现在合成器官通过改变原子的排列能制造出任何东西，机器人和附属智能体代替了人类劳动，导致蠢斯这种人满大街都是。他们没赢过世界彼端的天才和大资本，也没找到属于自己这位"大将"的山

---

[1] 自我妨碍（Self-handicapping）：心理学用语，指有时人们给他们自己的成功设置障碍，有通过采取行动或者选择目标来提高对失败作外部归因的机会，从而避免或减轻失败的消极含义。——译者注

头，不惜压抑自己过高的自尊心，安于现状拿着基础工资，是些在悠闲生活中挣扎的小人。

"算了，还是谢谢你赏脸。我很高兴。"

蚂蚁对螽斯有了稍许改观，但也只是比基本盘略高一点的程度。

"我会再来的。"

说着，螽斯便消失了。

螽斯第二天也来了。第三天、第四天也同样如此。

他一如既往地说着些不着调的话，还常常捉弄蚂蚁。一开始蚂蚁对他还比较客气，但螽斯一边蔑视社会一边举棋不定的态度令她感到无语，她逐渐也发起牢骚来。

一开始螽斯也老老实实地听着，但当蚂蚁提到他交友圈狭窄时，螽斯生气了。很快，蚂蚁也把礼数丢到一旁。两人无所顾忌地唇枪舌剑，相互辱骂，最后气冲冲地分开。

但第二天，螽斯还是会来到广场。

"你为什么还来？"蚂蚁问道。

螽斯故意回答："来瞧瞧这里有多冷清，我可太爱看了。"毕竟用户确实只有螽斯一个人。

"你好呀！今天也渴求着音乐吗？"

今天，螽斯也来了。他一边在勤勤恳恳工作的蚂蚁身旁拉着小提琴，一边蹦来蹦去。

"你知道吗？超人类社会已经到极限了。这里有许多有趣的事，也有大把时间，所以这个社会完蛋了。'明日复明日'将永远持续下去，最后什么都不会改变。真好啊，我们还有明天。"

螽斯突然看了蚂蚁一眼。

"你啊，不听别人说话在干吗呢？"

"我在把这个公共空间折叠起来。"

蚂蚁曲起手指，螽斯站着的地面便随之卷起，抖落上面的物体并回到了空白状态。就这样，她将工作领域分成格子状，一一折叠起来。螽斯不高兴地跟在她身后走来走去。

"这是所谓折纸的奥义吗？是这种把戏？"

"是在收拾。"

"有什么用吗？"

"这是优化。"

"优化！哈！"

这句话似乎有毒，只见螽斯口吐白沫，脸色发青地扑倒在地。

蚂蚁没搭理他。配合螽斯的独角戏只是在浪费时间。螽斯也已经习惯了蚂蚁的态度，他瞬移到蚂蚁面前，得意扬扬地高谈阔论起来。

"别搞什么优化了，最后只会让你否认自己的存在意义而已。你会发现自己已经不能为社会作出贡献，还不如消失，然后切断自己的脖子。天堂可没有无能之辈的容身之处，但超人类社会有，因为没有进行优化。这是个后贫瘠时代！"

"你对天堂还挺了解的。"

"毕竟我去过。"

真是意外。其实蚂蚁也听过公共乐园服务——精神上传项目。

现在在这里嬉皮笑脸、不停瞬移的螽斯一定也曾考虑过是否堕入乐园吧。这样就可以对着自己创造出来的观众不停演奏，附属智能体想出来的溢美之辞要多少有多少。

还是搭理他一下吧。蚂蚁停下手头的工作，回望着螽斯。

螽斯对蚂蚁的想法一无所知。

"你也去过天堂吧？"

"我没去过。"

"说什么呢，这个广场不就是天国吗？"

螽斯大张着双臂，奏响了号角。

"有道是既来之则安之嘛。这里虽然无聊，还挺舒服的。"

这里的确很无聊，螽斯就是最大的污点。赶紧把这地方收拾干净吧——想着，蚂蚁看了看自己的工作日程表。目前进展大幅落后于预期，一切都是这个螽斯的错。

"这里很快就会消失。"

蚂蚁说。

螽斯端起小提琴拉了起来。传出的不是弦乐，而是悲切的笛声。

"消失之后呢？"

"谁知道呢?"其实蚂蚁还没有下定决心,"但也比就这么放着要好吧。"

"那我就无处可去了。"

"你没有其他地方能去吗?"

"没有。"

不知为何,螽斯的小提琴奏出了铍的声音。

"那我的艺术也会永远消失吗?"

"可能会吧。"蚂蚁不想一一回答他的问题。

"我不能做点什么吗?"螽斯自问又自答,"我要做点什么。"被他扔在一旁的小提琴自己发出了鼓声。螽斯指了指蚂蚁。

"我申请和你打赌。"

"什么?"

赌注内容简单来说就是一场独奏会。听众只有蚂蚁,地点就在两人相遇的那个树桩。

"要是我赢了,你就放弃让这里消失的计划,怎么样?"

"怎么分胜负呢?"

"你要是哭了就算输。"

还没等蚂蚁回复,螽斯就开始了演奏。

那是一段非常美妙的旋律,简直不像同一个螽斯的演奏,他一直以来只会发出噪音。

演奏结束后,螽斯行了一礼。蚂蚁为他热烈鼓掌。

"你要是想做还是能做好的嘛。"

"这可不算好。"

"不必谦虚。"

"看来你没明白,我作弊了。"

螽斯一把抓住小提琴的琴弦将它扯断了。他的手指在琴弦里摸索着拽出了什么,是音符状的附属智能体。

"令人失望。"

"我有什么必要非得自己拉呢?"

"赌注是你输了。很遗憾,今后再也见不到你了。"

蚂蚁半开玩笑地说。

"知道了。"螽斯说着,制造出了一把新的小提琴,"这个怎么样?"

氛围一下子变了。这次螽斯的演奏没有之前完美,但更为真实。

"这是什么?"

螽斯没有回答,他的形象融化了,出现的是一名男子。男子提着小提琴,正向这边挥手,背景是现实世界,大大的玻璃窗外能看见险峻的山岭。

蚂蚁吓了一跳,螽斯竟然拥有躯体。

"这是你自己学的吗?好厉害。"

"会这种玩意儿也没什么用。"

蚂蚁发自内心地赞叹了一句，但螽斯的脸色并不好看。

"这世界上还有比我拉得更好的人。这也就算了，毕竟是没办法的事，但那家伙可不止小提琴拉得比我好。他不需要睡眠，在我睡觉的时候他也在孜孜不倦地成长着。以前大概不是这样。以前人类会睡觉，时候到了便会死去。每个人都一样。"

那样也不一定是好事，蚂蚁想这么说。即使是现在，死亡也是一个严峻的存在。但人类通过大脑皮层活动记录装置和精神上传让自己远离死亡。睡眠也是一样。对已经不受生物脑束缚、自由自在的意识来说，大脑排出β-淀粉样蛋白并梳理记忆的时间是不必要的。假如你连休息的时间也不愿浪费，那只要把思考的任务交给自己的附属智能体就可以了。

"你也有和其他人一样多的时间，能不断前进。"

"就这样，那个人的优势地位不断扩大，不只是音乐方面。"

蚂蚁没找到话来接茬，换了个话题。

"你原来有躯体啊。"

"我也没做备份，人生只有一次。你什么时候睡觉呢？"

"欸？"

"你也选择了舍弃身体，在网络上永生吗？"

蚂蚁没有回答。她知道，有人选择像螽斯那样生活，她无法否定这些人的信念。

蚂蚁的社交外壳为她准备了几个无功无过的回答，但她选了最糟糕的那一个。

"不行吗？"

螽斯又换上了虫子形象。

"你也来唱呗。"

"唱什么？"

"唱了就知道了。"

蚂蚁是无所不能的。她可以立即连接演奏技术，也可以从零开始练习。蚂蚁有着无穷无尽的时间。

她还可以使用歌唱专用躯体，化身为有生命的乐器。蚂蚁知道，自己将永远活下去。在遇到螽斯之前，她对这一点从未有过疑问。

但此刻蚂蚁却无法歌唱。

"我就知道会是这样。"螽斯说。

蚂蚁回到了自己的"巢"。

"巢"里有许多审批和指示在等着她。都是些蚂蚁抽空便能完成的工作，比如废弃公共空间的再生等。她是"巢"的主人，也是个有钱人，还是个极其强大的超人类。

蚂蚁拥有个性化成长的增强皮层，能加速自己的搜索、学习能力，有每个人都能自由使用的公共数据库，有各种各样的技能。这些技能都被上传到数据库中，能分享和快速下载，多得都够分给附属智能体学习了。现在计算资源出现了爆发性增长，变得越来越廉价，蚂蚁可以用这些计算资源对自己的精神进行移植、复制和自我编辑。她还拥有合成器官带来的生产力，以及超越了智人水平的肉体。

蚂蚁不断改良自己，穷极超人类所能达到的高度。她在现实和虚拟两个世界都建设了据点——也就是"巢"，指挥自己的附属智能体从世界各地收集资源。蚂蚁也不只有一个，她有复数个个体。

这一次蚂蚁回的是位于虚拟空间的"巢"。

歌到底是什么？

附属智能体响应她的思考，送上了古往今来的音乐数据库。蚂蚁想起了躯体的事，于是附属智能体们便提议她设计一款歌唱专用躯体，还有一部分下级自我则指出了螽斯这套理论的破绽。

蚂蚁拒绝了所有提案，试着歌唱。

但她无论如何都做不到。

在那之后，蚂蚁和螽斯也在公共广场见过面。尽管和两人的约定不同，蚂蚁还是自掏腰包买下了广场，并把一半所有权转让给了螽斯。本来这个广场就不值多少钱。

在唯一的听众面前，螽斯不断表演着。蚂蚁静静倾听。

"喂。"蚂蚁开口了，"之前你说的唱歌的事，是什么意思？"

螽斯停止了演奏。他思考了一会儿，打了个响指。

这片有树桩的原野消失了，出现的是螽斯的躯体。

"你在干吗？"

"让我看看你吧。"

现实世界的螽斯和他平时那个轻浮的形象完全不同。这是蚂蚁第二次见到真正的螽斯。他还是一样,过着上个时代的生活。

而蚂蚁拥有好几副躯体,平时她会根据用途和TPO[1]自由替换躯体。螽斯的意思并不是要她随便套上一具躯体给他看,这一点蚂蚁也清楚。

蚂蚁陷入了犹豫。在遇到螽斯之前,她已经很久没有体会过这种感觉了。

我这是怎么了?她询问自己。

蚂蚁和螽斯是截然不同的两类人。这竟然是如此的——

如此的,什么?

螽斯夸张地耸了耸肩笑道。

"来吧,别害怕。"

蚂蚁差不多下定了决心。但,在那短短的一瞬间,她犹豫了。

而就在那一瞬间,警报覆盖了公共广场。

附属智能体连上新闻主页,马上做出了一份新闻的概要。就在蚂蚁一目十行阅读期间,她的附属智能体们也各自下载了相关的专业知识,基于各自的理解程度开始了解说。

即将发生超新星爆发——新闻这么写道。伽马射线暴会直接命中

---

[1] TPO:Time(时间),Place(地点),Occasion(场合)。——译者注

地球，破坏大气层，地球即将成为一颗死星。

"骗人的吧。"螽斯说。

蚂蚁立即理解了事态。要是发生伽马射线暴，螽斯的身体不可能撑下来。大概马上就会死去吧。

没时间磨蹭了。

"跟我来。"

"去哪里？"

"你要是还留在躯体里，会就这么死掉的。我要保护你。"

蚂蚁现出了自己的姿态。看到她，螽斯的反应非常激烈。

"我不要。"他推开了蚂蚁的手，"我不要。"

螽斯的声音里充满了恐惧。当蚂蚁发现他的恐惧来源于自己时，她无法再在这个地方待下去了。

"再见。"

螽斯和蚂蚁同时消失了。

在预见伽马射线暴的到来后，世界发生了变化。如果大气变性，现有生物圈无法维持是既定的事实，那么就不得不做出改变。

这对人类造成了巨大的打击，但毁灭还未成定局。

人类还有时间，足够他们做好在伽马射线暴中生还的准备。

蚂蚁也一样，她在地壳深处准备了好几台服务器并严加看管，做好了将自己上传的准备。

但最重要的螽斯却不再在公共广场现身了。

蚂蚁等待着，等待着，一直等待着。她要主动和螽斯取得联络非常简单，螽斯不管再怎么抗拒，在蚂蚁的力量面前都无济于事。

但即便如此，每当蚂蚁想去接他时，总会不自觉地想起被螽斯推开的事。

就在这时，一个附属智能体闯进了蚂蚁的意识。螽斯在网上发布了什么。蚂蚁截获一个样本，亲自前往确认。

那是螽斯发出的SOS信息。

背景音乐吊儿郎当的，和内容一点也不搭调。这反而越发令人痛心。

蚂蚁立即做出了行动。

螽斯伫立在窗边，望着漆黑的夜幕。大大的玻璃窗外冬天的风暴正在肆虐。他点亮手边的一盏小灯，玻璃窗上映出了自己的脸。

螽斯叹了口气——他发现有什么正在空中向自己飞来。

那是蚂蚁。她套着储存在附近的"巢"里的飞行用躯体，悄无声息地降落在雪原上。蚂蚁割开了螽斯家的玻璃窗，对着吓得一屁股坐在地上不停后退的螽斯说："和我一起走吧。"

"我拒绝。"

认出那是蚂蚁，螽斯的表情变得僵硬。他的目光让蚂蚁难以忍受。

"你不是让别人救你吗!"

她一边说,一边播放了螽斯发的那条消息。

"——那条消息并不是发给你的。"

螽斯低下头。

"那是发给全世界的。我想让它不断复制,在世界上留下一点关于我的痕迹。这样一来——"

"那种事根本无所谓!只要你自己能活下来不就行了吗?"

"——好吧。"

螽斯挺直腰杆,与蚂蚁的巨大身躯相向而立。

"要是你能唱首歌,我就跟你走。"

"你到底在说些什么?"

"这很重要。"

螽斯注视着蚂蚁。

"你是完美的,对吧?没有必要做任何改变,所以你注定无法歌唱。"

螽斯不再看她。

"这里太冷了,我要走了。你最好也离开,保安公司已经来了。不用管那扇玻璃窗。"

一架飞行器慢慢从高空中降下。它是接到有人入侵螽斯家的消息后赶来的。

要击落这架飞行器对蚂蚁来说也很简单。但一看到螽斯,她便打消了这种念头。

螽斯穿过破碎的玻璃窗走入风雪中,顺着警卫飞行器打开的舱门钻进去避难了。从始至终他没再看蚂蚁一眼。

蚂蚁呆呆地目送着螽斯离开。

时光流逝。

伽马射线暴如期袭击了地球。

射线暴使得许多人遇难。降下的伽马射线令大气产生变性,无数氮氧化物飘落。这场地球规模的灾难引发了大混乱。许多人选择被下载,他们本应该安全地活下去,但因为下载操作在恶劣的环境中进行,而伽马射线暴带来的混乱导致管理体制崩坏,不少人都被删除了。人们陷入了恐慌状态。每个人都想要躯体,躯体市场价格水涨船高。

但即便如此,损失也比预料中更小。那是因为被银镜膜包裹的月球瞬间移动,挡住了破坏性的电磁波。让月球发生瞬移的这层不可思议的膜现在还覆盖在月球表面。

月球的银镜膜成了瞩目的焦点。这个银色的月亮有一种不可思议的性质,包括核攻击等一切敌对行为都对它无效。但有时银镜膜表面也会产生小孔,将人引入内部的空洞当中。进入月球的调查队命运不尽相同,有的观测到了异常现象,有的带回了原理和用法都不明的道具，有的人发了疯，有的人留下诡异的信息后不知下落。各方势力齐聚一堂，在月球周围建造了栖息地，争相派出调查队前往调查。这种地方总是容易产生传言的，比如调查队返回后好像被什么附身啦，银镜膜里面的月球已经解体啦，月球上有怪物巢穴啦，迷路的队员遇到了一名神秘少女将他带了出去啦，等等。

当然，也不全是坏消息。环大西洋联合王国的王子结婚了，王子和辛德瑞拉的故事反响热烈，每个人都在庆祝新王妃的诞生。人们祝福着这段因伽马射线暴而结成的姻缘，争相伸手触摸辛德瑞拉的躯体。

人类对甲壳类等多种族的理解也更进一步。一直以来被压榨的智能化甲壳类们举起了反抗的大旗，开始进行为自己赎身等各种活动。中途也发生过冲突，但最后都有了合适的归宿。智能化甲壳类向宇宙进发一事也进入了人们的视野，它们被认定为人类新的盟友。

世界发生了巨大的变化。

但这些变化都与蚂蚁没有关系。

蚂蚁活了下来。在地壳深处，在被严加看管的服务器中，她醒了过来。

这时，距离伽马射线暴发生已经过去许多年了。

有一天，蚂蚁带着无数无人机来到了被降落物覆盖的地表，开始专心清扫这个旧世界。这工作永无止境且单调。一开始蚂蚁还亲自动手，后来她便设置自动操作，把工作交给了自己的附属智能体。就这样，蚂蚁逐渐陷入浅睡。地球表面像一片没有轮廓的雪原。她已经没有力气掩饰自己的疲倦了。

因此，当无人机发来报告称有新发现时，蚂蚁的反应也很迟钝。

当时，无人机正反复参照某些数据执行着毫无意义的循环语句。蚂蚁看了看，发现感染源来自同样被封锁的广告机器人，于是她解开这个半自动循环，将无人机循环执行的数据分离了出来。

播放出的数据内容令她意想不到。

是穿戴着躯体的现实世界的螽斯，他正在奏乐。演奏了一阵子，螽斯面向摄像头说道：

"当你听到这段音乐时，我大概已经死了。是真正的死亡，虽然对我来说都差不多。"

蚂蚁非常震惊，她沉浸于这段突然出现的乐曲中。

这毫无疑问是螽斯留下的信息。

蚂蚁无数次、无数次重播着这段信息。听着这首跑调的歌曲，关于螽斯的记忆也在她脑海中苏醒过来。

蚂蚁想起了螽斯曾经说过的话。

他发出的消息具有自我复制能力，也就是说，应该还有其他一样的消息存在。当然，大半已经劣化或被清除。或许这是最后的一份了。

只要进行一番地毯式搜索就能搞清楚。

一个人进行搜索可能需要无穷无尽的时间。但蚂蚁有很多个体，她只要按需增加更多的个体就行了。

蚂蚁开始亲自设计寻找蚕斯用的躯体。

有了合成器官、材料和时间的话，要想复制一模一样的躯体也是可能的。如果有需要，她甚至能将小型分支和纳米尺寸的工蚁们聚集起来，播种、培育工场，建成自己的王国。最后，蚂蚁做出了一具人类大小的宇宙机械，这具躯体能从小型核反应堆中汲取能量，通过量子真空等离子推进器获得运动量，不需要助推剂就能在宇宙中移动。这是蚂蚁的杰作，汇集了惊人的资源制作而成。

在她的低级自我中，也有部分个体劝告过她这是浪费行为。现在不是做这种事的时候，为了扩大自己的势力，她有更多该做的事。

但蚂蚁没有理会。她制作了好几具一模一样的躯体，把它们接连派到世界各地。

蚂蚁们接二连三地带回了报告。

其中一只蚂蚁在环大西洋联合王国的宫廷里活动。她面见了王国重臣"魔女"，收集到了部分情报。

当时，王子和王妃恰巧路过。随着超人类躯体化进程的推进，王妃也开始和王子共同处理公务，"魔女"在公私两面支持着她。

王妃等人目送蚂蚁离开。

另一只蚂蚁潜入了月球周边的栖息地群。听说螽斯留下的消息曾在月球宝藏猎人中引发过一阵小小的轰动。该不会……蚂蚁心中燃起了希望。或许螽斯从伽马射线暴中活了下来，来到了月球上也说不定。

但经过仔细调查，发现这只是传言。

"不过是讨个彩头的仪式罢了。"

向蚂蚁提供情报的其中一名宝藏猎人说道。

这是一名年老的男性，身穿远东一家早已倒闭的兵工厂生产的躯体，是个无名士兵。

"有迷信说看了这段视频后会更容易进入月膜当中，跟护身符没什么两样。"

老兵和蚂蚁一起看完了螽斯留下的信息后站起身来。

"……你接着找吧。"

他对垂头丧气的蚂蚁说："只要不停地找，总有一天会找到的。"

老兵走了。蚂蚁站起来，回到"巢"汇报结果。

还有一只蚂蚁在欧罗巴的海洋中与甲壳类一同遨游。

被作为服务种族引入欧罗巴的甲壳类们一边收集曾经在当地进行

殖民统治的超人类留下的遗物，一边构筑起自己的势力圈。通过利用海底热液系统和丰富的水资源，未来甲壳类应该会发展为超人类的朋友或是对手吧。

蚂蚁并没有期待能在这种地方找到螽斯。但只要有一丁点可能，她就愿意尝试。

她乘着喷射的水流漂洋过海而去。

螽斯的音乐信息在世界各地被发现。对这些具有增殖性的内容，有人认为它有害并加以清除，但也有人愿意接受。还有人会将外壳循环利用，替换里面的内容之后进行传播。

或许能找到螽斯本人呢。蚂蚁心怀希望地想着。

在诸多报告中，有一份吸引了她的注意。

一只蚂蚁为了寻找螽斯的消息来到了外行星，她在奥尔特云上发现了未知的后人类。

"必须停止探索。"

从木星回来的蚂蚁如此进言。但她还是放不下。

然而，在那之后，又一只蚂蚁从同样的地方归来。

这只蚂蚁希望被抹消。蚂蚁有一种不祥的预感，她将所有蚂蚁的记忆统合起来。

然后，她知道了一个残酷的事实。

那是关于某个事件的记录，这个事件被后人称为"白雪公主事件"。在关于伽马射线暴的预言出现后，人们纷纷开始制作备份。供不应求下，恶劣的管理体制在市场上横行。

最后导致了备份数据消失事件。

尽管蚂蚁对事件的全貌不甚了解，但参与搜索的其中一个个体在受害者名单中找到了螽斯的名字。

螽斯选择了将整个躯体破坏的扫描方式来将意识抽离。换作是平时，这样的手段毫无问题。但在伽马射线暴带来的混乱中，这是一个致命的选择。

螽斯逃到了一个无处可逃的地方，就这么迎来了真正的死亡。

蚂蚁发现，自己内心深处还在偷偷期待着一个happy ending。她那操控着数百亿个低级自我，将人体天生的不合理和设计缺陷最小化的精神体中，还曾有过一丝希望。

那是毫无根据、毫无道理、虚假的希望。

结果不还是失败了吗——

一阵苦涩涌上她并不存在的喉头。蚂蚁没有泪腺，要想麻痹痛苦也很简单。

但她没有放弃。她无法忍受行尸走肉的自己。

就在蚂蚁即将崩溃的时候——

"喂喂，怎么这副表情啊？"有谁说道。

蚂蚁的其中一个低级自我搜索附近并发现了一个不可思议的东西，她发出了警报。

是螽斯。他和两人初次相遇那天看起来一模一样，顶着一个傻乎乎的绿虫形象。

"你不是已经死了吗？"

"死了哦。"螽斯说，"在这里的是幽灵，是你见到的幻觉。"

"我并没有复活，这只是你的梦。我只是一个能用螽斯的语气和你对话的机器人，你也明白吧？"

"为什么？"

"你应该想知道我为什么会变成这样吧？"

就这样，螽斯开始讲述自己的故事。

迄今为止蚂蚁收集到的关于螽斯的情报只是一个骨架。而蚂蚁也知道，组成真相的血肉来自黑暗的万丈深渊。

但她还是没忍住听了下去。

螽斯拒绝了蚂蚁的帮助。但他并没有其他的法子，因为无法直面迫近的死亡而一味拖延。就这样，他最后决定将精神体上传到网络。螽斯没有多少选择，随便挑了一种服务，也没看合同内容就匆忙进行了上传。

这样做的结果便是遭遇"白雪公主事件"而死。

蠡斯的世界也迎来了凛冬。白色的雪花积起，虚拟世界的功能逐渐停止，直到最后，蠡斯还在拉着小提琴。

演奏着跑了调的、无人倾听的音乐。

"我真没用，太没用了。"

蠡斯耸耸肩，语气就像在一场不太期待的抽签中落选了一样。

"我做了无法挽回的事，丢弃了不该丢弃的东西。要是还想再要回来也未免太自私了。这就是我的结局。"

蠡斯低头看了看自己的身体，露出嘲讽的笑容，空洞的眼神四下游移。

"你没有错，是我太没用了。从一开始，这就是我的极限。"

"——我一直相信着你。"

"我很遗憾，不过从结论来说的话你信错人了。"

沉默就像痛苦，不由分说地在两人之间蔓延，折磨着蚂蚁。每当她想打破沉默，沉默便越发攀附上来。

即便如此。

即便如此，蚂蚁也无法再忍下去了。

"——这种话。"

"嗯？"

"蠡斯可不会说这种话。"

"确实。"蠡斯干脆地承认了，"谁来揭晓正确答案？是我，还是你？"

"谁都可以，因为你就是我。"蚂蚁回答，"你只是一面镜子，是我在借你之口说话罢了。这就是我内心真正的想法。"

理解在蚂蚁心中汇集，凝成结晶并不断膨胀，从内部击碎了蚂蚁的铠甲。如果从中溢出的东西有颜色，那应该非常浑浊吧。

"我过去一直以为只要不停寻找你的消息，你就会活着回应我。但我心里总是有疑虑，我知道已经来不及了。在我们分别的那一天就已经结束了。我想挽回，却也知道已经无法挽回。我投入了莫大的资源只是为了确认一件打从一开始就知道的事。从一开始，就不存在什么happy ending。"

"答对了。"螽斯说道。

蚂蚁停止了搜索。

她找到了螽斯，她的目的已经达成了。螽斯死了，无法复活了。这个结果不是那么完满，但毕竟是螽斯自己选择的结局。

除此之外，蚂蚁能做的、该做的事还有很多。像伽马射线暴那样毁灭性的灾难毫无疑问总有一天还会到来。

必须为此做出准备。

蚂蚁向离开"巢"外出的个体指派了其他的任务，也回收了部分已经没用的个体和躯体，停止了这个项目。

"我呢？"猋斯的幻象说，"要把我清除吗？"

"你去自由自在地生活吧。"

"我可不是那么高级的存在，做不到的。你来决定吧。"

必须将他清除。留着这张猋斯的讽刺画可是比违背他的意愿将他复活更糟糕的选择。

只要下令即可。但蚂蚁却无论如何也下不了手。就这样，猋斯的幻象在蚂蚁精神的一角住下，每天不停播放着蚂蚁们收集来的猋斯的信息。

有一天，猋斯的幻象带着一条信息出现在蚂蚁面前。他说："听听这个。"

"这是什么……"

"听听看吧。"

蚂蚁战战兢兢地开始播放猋斯的信息。

起初是一小段空白——

然后，传出了声音。

"当你听到这段音乐时，我大概已经死了。是真正的死亡，虽然对我来说都差不多。"

这句已经听过了——

蚂蚁感觉自己的大脑已经麻痹，她竭力忍耐着空洞的沉默。这是螽斯留下的其中一类遗言，反映了他充满绝望的心境。

不过是些叮嘱而已——蚂蚁已经快放弃了。

"等一下。"螽斯说。

"好像还有后续。"

很快，后面的内容也汇入了信息流中。

蚂蚁气势汹汹地催促着自己的附属智能体。她屏蔽了外界的一切信息，将大半的计算资源投入数据修复工作中，直到确定数据已经完全修复。

螽斯轻轻碰了碰蚂蚁。

蚂蚁这才打开意识，接收了信息的后续。

"——最后，我想听听你的歌声。"

修复的内容就到这里。

"你不唱吗？"螽斯说。

"唱给你听有什么用？你又不是螽斯，他已经不在了。"

"所以你才不愿唱歌吗？"

我唱不了，蚂蚁心想。所以我当时才没法带走螽斯，不是吗？

"现在和那时已经不一样了。"螽斯说，"现在的你一定能行。"

蚂蚁陷入了思考。她本想连接歌唱技术，但又放弃了。她在无比漫长的记忆长河中搜寻着,小心翼翼地挑出一些词汇,想捉住一些不成形的想法却又叫它们溜走……蚂蚁苦思冥想。

但她什么也没想起来。

蚂蚁放弃了思考。

之后发生了什么——或许各位读者已经知道了。

一切就那么自然地发生了。

从蚂蚁口中传出了歌声。

那是矗斯的歌。蚂蚁和着矗斯即兴演奏的、乱七八糟的旋律,吟唱着他的故事。

有些是她熟悉的曲调,有些是她没听过的曲调,还有些是不成曲的曲调。

简直就像矗斯还活着,借蚂蚁之口在歌唱一般。

矗斯已经死了,这是确凿无疑的事实。

但蚂蚁并不感到悲伤。

因为无论何时,矗斯都在那里。

无论何时,他都在为蚂蚁而歌唱。

无论何时,他都在倾听蚂蚁的声音。

只要蚂蚁还在歌唱,矗斯便也存在。

一直在同一个地方——

"在蚂蚁心里吗？"

"没错。"

"这故事是不是有点太老套了？"

"因为这就是事实。"

现在，蚂蚁体内涌出了无尽的力量。若是任由它去，这力量便会化为舞蹈、化为音乐、化为光芒、化为语言。

蚂蚁终于明白了螽斯说的话。

"你忘了吗？这是你自己说过的。你就是我的一部分，是正在运行的低级程序之一。所以我作为管理员，作为你的亲生父母，有责任让你运行下去。"

"这么做又能改变什么？就算让这个没用又毫无意义，像无尾蜻蜓一样的我继续运行下去，螽斯也不会回来。我，或者应该说那家伙已经死了。"

"你说得没错。"

蚂蚁说。

"你说得没错。不上不下，无能为力地死去——这就是螽斯这个人的人生，无尾蜻蜓般的人生。但这样的人生并不意味着没有意义和价值。因为——"

"——因为我还活着。"

蚂蚁受了伤。她知道了什么是痛苦和悲伤，但已经无法回头。因为这个世界正在越来越好，怎么会有人想回头呢？

歌唱正是为此存在的。

蚂蚁不断地唱着。

这是一个很长很长的、关于歌唱的故事。故事，从一个女人被一个男人的音乐所迷住开始。

蚂蚁歌唱着，大声地歌唱着。那些带着悲痛消息回到"巢"的个体们都目瞪口呆地盯着她。但倾听着歌声的同时，蚂蚁们脸上也露出明了的神色。

其他蚂蚁也一个接一个地加入了合唱。

回应着周围的欢呼声，蚂蚁转向螽斯并向他伸出了手。

抓住她的手的螽斯想要别开脸去。但他迟迟不能将目光从蚂蚁身上移开。蚂蚁也一样。

"哎呀呀，这首歌要唱到什么时候呢？"

"不必担心。"蚂蚁说，"这首歌会一直唱下去。"

其他蚂蚁们还在继续合唱。

"一直听着这么糟糕的歌可不太行。"螽斯说。

"这样可以吗？"

"什么？"

"你不是螽斯吧。知道了自己是赝品，是我自导自演的低级程序后,这么下去可以吗?一直用螽斯的口气说话可以吗?"

"如果是螽斯一定会这么说。"

螽斯的手里出现了一把小提琴。他一边演奏着绝对称不上美妙的旋律,一边说道:"再让我多听点吧。"

"荣幸至极。"

就这样,蚂蚁和螽斯将永远、永远地歌唱下去。

可喜可贺,可喜可贺。

故事完。

北京市版权局著作合同登记号：图字 01-2024-1739

TRANSHUMAN GAMMA-SEN BURST DOWA SHU
Copyright © 2018 Yukinari Sanpow
Originally published in Japan by Hayakawa Publishing Corporation
Simplified Chinese translation rights arranged with HAYAKAWA PUBLISHING CORPORATION
through AMANN CO.,LTD.

图书在版编目（CIP）数据

超人类伽马射线暴幻想 /（日）三方行成著；游凝译 . -- 北京：台海出版社，2024.4
ISBN 978-7-5168-3767-2

Ⅰ.①超… Ⅱ.①三… ②游… Ⅲ.①幻想小说 – 小说集 – 日本 – 现代 Ⅳ.① I313.45

中国国家版本馆 CIP 数据核字 (2024) 第 021806 号

超人类伽马射线暴幻想

著　者：[日]三方行成	译　者：游凝
出版人：薛原	封面绘制：Shiraishi Yuko
责任编辑：员晓博	封面设计：MF 酷梦

出版发行：台海出版社
地　　址：北京市东城区景山东街 20 号　　邮政编码：100009
电　　话：010-64041652（发行、邮购）
传　　真：010-84045799（总编室）
网　　址：www.taimeng.org.cn/thcbs/default.htm
E – mail：thcbs@126.com

经　销：全国各地新华书店
印　刷：北京盛通印刷股份有限公司

本书如有破损、缺页、装订错误，请与本社联系调换

开　本：880 毫米 ×1230 毫米　1/32
字　数：156 千字　　印　张：7.75
版　次：2024 年 4 月第 1 版　　印　次：2024 年 6 月第 1 次印刷
书　号：ISBN978-7-5168-3767-2
定　价：48.00 元

版权所有　　翻印必究